新世界出版社
NEW WORLD PRESS

若是意外

冰儿 / 著

图书在版编目（CIP）数据

若是意外/冰儿著. —北京：新世界出版社，2010. 8

ISBN 978 - 7 - 5104 - 1172 - 4

Ⅰ. ①若… Ⅱ. ①冰… Ⅲ. ①长篇小说—中国—当代

Ⅳ. ①I247. 5

中国版本图书馆 CIP 数据核字（2010）第 148669 号

若是意外

作　　者：冰儿

责任编辑：黄倩 董晓琼

装帧设计：蜻蜓工作室

出版发行：新世界出版社

地　　址：北京西城区百万庄大街 24 号（100037）

总 编 室：（010）68995424　（010）68326679（传真）

发 行 部：（010）68995968　（010）68998705（传真）

网　　址：www.nwp.cn（中文）

www.newworld-press.com（英文）

版权部电话：+86（10）68996306

版权部信箱：frank@nwp.com.cn

印　　刷：北京画中画印刷有限公司

经　　销：新华书店

开　　本：710mm × 1010mm　1/16

字　　数：180 千　印 张：14. 5

版　　次：2010 年 9 月第 1 版　2010 年 9 月北京第 1 次印刷

书　　号：ISBN 978-7-5104-1172-4

定　　价：25. 00 元

1

那一天是郑千山最刻骨揪心的一天，就在那一天他眼睁睁地看着队友陈东方离他而去。

没有人料到那场车祸会要了陈东方的命，而同在一辆车里的郑千山却安然无恙，只有轻微的一点擦伤。

那可怕的一幕究竟是怎么发生的？怎么就那么寸一辆车没头没脑地从那个路口横冲过来，当时他开的车，狠狠踩了刹车，却还是撞上；车没有翻，对面的肇事司机和他都是轻伤，偏偏东方出了事。

警察问他的时候，千山的大脑一片空白。他只记得当时东方喝多了，不省人事地躺在后座睡着了。那天晚上是全国足球联赛北京站的最后一天，球队是一片欢乐气氛。高强度的紧张之后，谁不是纵情快乐一番。

那晚卡拉 OK，人人唱到半死，个个酩酊大醉。除了千山，都是酒鬼。

陈东方喝得最多，大家鼓动他这次回去之后就把小乔娶回家。他借着酒意，大肆渲染婚礼，好似真的明天要发喜帖一样。

好不热闹，无醉不欢。

男人的世界热闹起来，女人都不是对手。

唯独千山郁郁寡欢。他只喝了一点，始终不在状态。

孟惜云在三个月前就跟他分手了，又以不可思议的速度嫁去了美国，他如鲠在喉。就连这次最后一场比赛进球了都没能令他兴奋起来。

那晚的心境他和东方是天壤之别的。分手与结婚于男人都是刺激。

他落寞，痛苦，提不起精神，神经大条，凡事没有感觉刺激，可怕得很。尤其是那脸色，好似大病初愈。

他没想到惜云会提出分手，她逼他结婚，他也想过结婚，可正式谈起这事，他却躲了。连他自己都不知其因。他喜欢惜云，也未想过要娶别的女人。谈到结婚细节的时候，他却力不从心。

他是真的从心里抗拒，一点不含蓄。

惜云走后，一边痛苦，还要一边镇静。照镜子的时候只有他自己能看到自头顶冒出的阵阵青烟，别提有多狼狈。

东方就完全不同，他热烈、兴奋，他信誓旦旦地说要跟小乔结婚，要到国外大摆宴席。那样子认真，绝无玩笑。

每个人都看得到东方脸上洋溢的幸福。越是这样，千山心里越不是滋味。男人之间的微妙莫过于此。

就在那晚，天知道他们会闯进鬼门关。事情来得没有一点儿征兆。

车祸这种事情哪会有对错，几秒钟就可以把你从天堂拉入地狱。

那晚就千山鹤立鸡群，不做酒鬼，当起了司机。看东方已喝得一摊烂泥，再不送回酒店就要出人命了。

在队里，他是东方最好的朋友，这一送理所当然；可这一送，竟送出了人命。

好意却惹出人命是非，这后果可想而知。

这该死的车祸究竟是怎么来的？

千山努力回想着，脸上的表情痛苦不堪。在警察面前正常人都会表情扭曲，更何况他就是当事人。

他努力一遍遍解释，停下来回忆，再解释，再回忆……那过程就像把人放到油里煎，煎一次拿出来，再煎……

纷沓杂乱的脚步声在医院的走廊里回荡着，不时有人抬着担架往病房赶。

陈东方就躺在担架上面，千山紧拉他的手，不停地呼喊：“东方，你醒醒，东方，东方——”

没有任何反应。东方深度昏迷。

曾经活力四射的东方，奄奄一息，危在旦夕。

千山跟着担架跑着，“东方，东方——”那声音响彻整个医院的走廊，毛骨悚然。

那几步路，任何时候回想起来都令人后脊发凉。

鬼门关上哪有勇夫？个个害怕得流泪。

抢救室的大门“砰”地关上，千山和几个队友被关在门外。那时他还坚信东方一定能救过来，他才二十五岁，是队里最优秀的前锋，那么年轻活力的生命怎会瞬间倒下……努力不让自己往坏的地方想下去，眼泪还是止不住地漫出来。

男儿有泪不轻弹，这么多年，除了父亲去世那一年，千山没流过一滴眼泪。

此时的千山鼻涕眼泪一把，一个大男人从来没有如此崩溃。

东方一定不会有事！他嘴里默念，疯了一般。

那是他最好的朋友，他们在一个球队，一起摸爬滚打，一起没日没夜地训练，一起吃，一起睡，是室友、战友、球友，更是知己。

又一拨病人涌进来，他们的目光令千山发窘，四下一望，他才发现自己满身是血污。那是东方的血，此刻却凝结在他身上。

千山把脸埋进手掌里，上下不停地摩搓。此刻，他经不起任何人的眼光。仿佛人人在喊他是刽子手，亲手杀了东方。那滋味才是煎熬。

领队王主任刚赶来的时候，一把揪住千山的衣领，大骂："东方要是出事，我唯你是问！"

一支球队少了前锋，当摆设最好，还打什么比赛。东方若出了事，会影响整支球队。谁都知道这一点，个个心急如焚。

从东方抬进手术室，领队再未同他说过一句话。

队长张潜把千山叫到一边，反复问细节。千山语无伦次，脾气暴躁。

急诊室的走廊上，充斥着各种聒噪和咆哮，乱成一团。

直到护士、医生出来制止，走廊才得消停。

一个小时过去了，没有医生出来，千山焦急地在走廊间张望。张潜和队里的领导，还有队友们如坐针毡。

生死关头，哪会有人冷静？

走廊大门又一次被打开，是两张苍老的面孔。千山霍地立住，刚刚通知了东方的父母，他们不会这么快就出现在北京吧？

定睛望去，竟是错觉。东方的父母住在云南老家，最快也得明天赶到。两位老人的面孔，令千山不敢多想。

可小乔呢？该不该现在通知她？

在北京比赛时正赶上小乔出国，记得送机时，小乔对他说：“千山，你当大哥的可得管好东方啊，我不在北京，你就是他的监护人，可不许他有什么小动作。”

是玩笑话，小乔说得却认真。

当时千山还打趣说：“你放心，不就是怕那些女粉丝吗，你不知道现在我的女粉丝比他多，也就你觉得东方帅，其实我跟东方站一起，我更有魅力。”

“少废话，你就臭美吧，说好了，你得帮我看好他啊，回来请你吃饭！”

“你放心，绝对原封不动地给你带回来，一根头发都不多，也不少！”

看着千山发誓的样子，几个人笑成一团……

事已至此，怎么跟小乔开口？

跟东方的父母打电话的时候，已如受刑，再对小乔重复一遍，那场面不堪想象。

小乔不似惜云，从未经历波折，性子急又率真，她对东方鹈鲽情深，对她说出真相，不知她会暴发到什么程度。

一阵错乱的脚步声打断了千山，急诊室的门慌乱地打开。

主治医生出来，身上到处是血污的千山最先迎了上去。

“怎么样，怎么样？东方醒了吗？”千山一通狂叫。

医生摇了摇头，“我们已经尽力了，病人失血过多，头部受了重创……”

走廊里立即响起一片哭声，参差不齐，歇斯底里。

千山傻了一样地站着。他死死盯着医生的面孔，却听不进任何声音……

2

此刻夜深人静，千山静静地坐在电脑前，思虑重重。

打开邮件，他敲了一行字："小乔：你好。身体好吗？我很想你。东方。"

沉吟了一下，他继续写道：

"我的信箱不知怎么了，给你发的信都退回来了，现在我用千山的信箱给你发信。"

点了一支烟，千山猛吸了两口，拧灭，再继续写：

"我们的比赛快结束了，踢得还不错。你在那边怎么样？采访顺利吗？你一个人在那边要好好照顾自己，别丢三落四的，多注意身体。"

写到这里，千山猛得陷入椅背里，一脸痛苦。

此刻才能体会圆一个谎是件多困难的事。

重新挺直脊背，千山继续写 E-mail：

"对了，你哪天回北京？我去接你，告诉我航班号……" 手指停顿了一下，"很想你！千山。"

敲键盘的手指再次停下来。千山抚了一把脸，定了定，他把"千山"两字删掉，换上了"东方"。过了一会儿，他又把"东方"两字删掉了。

完全语无伦次，一派胡言。

再次深深陷落进椅背里，千山对着电脑，一脸茫然。

房间里静得瘆人。又是一个无眠夜，接连几天，他根本无法入眠。

东方的笑脸幻景一般浮现，还有小乔避无可避的双眼，这一对璧人此刻却成了梦魇，令千山惶惶不能入眠。

那个画面如影随形，在房间的各个角落逡巡——

画面里孟惜云还是他的女友，还有东方、小乔，他们四人开心地玩在一起，嬉笑声漾在耳畔。

“千山!”

“东方!”

两个女孩子的声音甜腻，热恋中的女人才会笑得这般。

“惜云——”

“小乔——”

男人的声音喊回去，在山谷回荡，又换回一浪接一浪的笑……

温馨的回忆铺天盖地，此刻却如噩梦来袭，全无快乐回味。

那声音越来越近，迂回荡漾，充斥着整个房间。

黑漆漆的夜，始终有一双不安定的眼睛，是千山吗?还是小乔?

东方的父母赶到北京医院的时候，看到一片哭号，已知不妙。

陈母拉着千山的双臂，要他说东方没事。他们的儿子才二十五岁，帅气健康，怎么可能一次车祸就顶不过去?!

千山的面孔变了形，他跪在地上，向东方的父母道歉。

两位老人不肯信，缠着医生让他说实情。

直到尸体拉出来，悬着的心立刻崩溃了，那撕心裂肺般的恸哭，令在场所有的人都黯然心痛。

抱着东方的尸体，两位老人一步不肯离开。

陈母刚要掀开盖在东方尸体上的白布，被千山按住了，“伯母，有件事我得跟您说，东方他，他的器官……”无法说下去，泣不成声。

医生李主任即刻过来，救场一般，他把一张表格放到东方父母面前，“是这样，陈东方生前同意在死后把器官捐献出去……这是他生前签的文件，你们看一下。”

陈母一把将表格夺来，东方面带微笑的照片映入眼帘。落款“陈东方”三个字如针刺入双眼。

“这是什么东西？我们家东方怎么可能填这个？一定是搞错了，搞错了。我们不会同意的！孩子已经不在了，连个全尸还不能留吗？”陈母嘴上念叨着，双眼红肿。

“这孩子什么时候填的这个，怎么也不和家里人商量一下。我们从来没听他提过这事，一定是搞错了。”陈父怔怔地看着医生，边说边抹泪。

一个打击未完，另一个打击再来，谁又扛得住？

李主任无奈地说：“因为这是陈东方之前早已填好的，所以昨天已经……”

陈母疯了似的摇李主任的手臂，“你说什么，器官已经都捐出去了？已经……”话未完，老人已昏瘫到地上。

众人把她抬入病房，一片混乱。

陈母醒来的时候仍执意要看东方的遗容，白布单掀起，再次昏厥过去。

六十几岁的老人哪经得住这个。

在医院的一天焦头烂额，待大家情绪稍微安定下来，陈父将郑千山叫出病房。他自然有话要说。

陈父先问了表格的事。

千山解释：“是，我和东方都填了，这是两年前的事了，只是没想到东方他……”千山不忍看陈父的眼睛，垂下头。

“当时你开的车，对吧？”陈父再问细节。

“那天东方喝多了，我开车把他送回酒店，就在一个路口一辆车横穿过来，我踩了刹车，但还是撞上了……那司机是酒后驾车，当时东方躺在后面没有系安全带，头部撞上了车门……”千山又将那天的场景重复一遍，噩梦般。

“怎么那么巧，同在一辆车里，东方死了，你却一点儿事没有?!”一位身材微胖的戴眼镜的中年男人突然从陈父旁边蹿出来。

千山一怔。这才注意到还有一位陌生人在场。

“周忆!”陈父按住那个男人。看他们的关系像是亲戚。

“是我的错，我不应该让东方在车里睡，我应该……”千山冲中年男人解释。

“你现在说这些还有什么用，人都死了!”中年男人不客气道。

陈母接着说：“郑千山，我们就这么一个孩子，东方一直跟你一个宿舍，从来都把你当大哥看待，那天你明知道东方喝多了，你就不能小心开车吗？你怎么就偏偏送了他的命啊……”又是哭声。

“伯母，对不起，一切都是我的责任，我愿意为东方承担一切!”千山再次跪下，“伯父伯母，你们要是不嫌弃，我愿意当你们的儿子，服侍你们一辈子……”

“我们可受不起，你承担一切我儿子就能回来了吗?!我只要东方回来，你把他还给我……”陈母狠狠捶打千山的肩背，眼泪四溅。

中年男人又冲过来，“告诉你，郑千山，我表弟不能这么白白死了，我是律师，我要告你！一句对不起就完了？所有的经济赔偿你一分不能少!”

千山慢慢站起来，“我愿意全部承担。”

“你承担？一条生命你一句话就能承担？我们不稀罕钱，你把东方还给我们，还给我们!”陈母激动万分，不能自制。

“好了!”陈父终于开口，“这里是医院，有什么话到楼下谈。”

一行人去了一层的接待室。

郑千山二话没说从兜里掏出一个信封，递上，“伯父，这是我的一点儿心意，你们先拿着。”

东方的表哥一把将信封夺去，“这才几个钱，这点钱你想打发谁啊？”

“我身上只有这么多，回家再取给你。”千山诚恳地说。

陈母将信封扔到地上，“谁要你的钱！”

钞票散落一地，触目惊心。

眼看局面难以控制，陈父说：“千山，你的钱还是收回去吧，我们不缺钱，东方的生命是拿钱买不来的！”

“伯父，真的对不起，我情愿那天出事的人是我！”

“少在这儿演戏！”中年男人始终态度生硬，没有丝毫友善。

“事已至此，再多说也无益。我知道这件事不能全怪你，但我们做家长的都有私心。我们不会原谅你！你的那些钱也请你收好，你好自为知吧！”

陈父扶着陈母转身走出去，一脸决绝。

中年男人补了一句：“他们放过你，我不会，你等着收我的律师信吧！”

千山看着满地的钞票，恨不能即刻就死去。

一直把东方的父母当亲人看，如今亲人反目，苦不堪言。

这仇恨结下，恐怕一辈子都还不清。

他不怨，都是他的错。

他无言以对。

此刻，若能被雷公劈死，似乎才能让他们解恨。

人在濒死的时候反而没有眼泪。

千山呆呆地立着，他巴不得有人过来对他千刀万剐，置于死地。

3

机场出口处围着一圈人，千山夹在里面，疲倦的双眼不停地逡巡。

飞机已晚点半小时了，千山紧盯着出口处，不时探身张望。

又过了大半个钟头，一身红衣的小乔从人群中跳脱出来，神采飞扬。

千山使劲冲她招手，小乔拖着行李，一脸灿笑。她欢快地扬起手，“郑千山——”

千山神情一敛，快速走过去。

小乔扬眉一笑，“咦，怎么你来接我了，东方呢？”

那笑容令千山刺痛，他把墨镜戴上，拉着小乔的胳膊，说：“从这边走。东方有事，让我来接你。”

“他还发信跟我说要来接我呢，怎么又有事了？”小乔的双眸瞬间失去神采。

千山不回应，只顾着从人群中分出一条路。

出了机场大厅，小乔又问：“这家伙到底有什么事啊？”

千山满脸紧绷地答：“队里有点事。”说着扬手叫了一辆出租车。

小乔神色一凛，“队里有事？到底什么事啊？看你的样子好像不是什么好事。”

“先上车再说……”千山拉着小乔奔向出租车。

小乔仔细看了千山一眼，“郑千山，你怎么鬼鬼祟祟的，东方到底怎么了？出什么事了？”

千山不由分说地把小乔推进了车里，“先上车。”

小乔跟着千山上了车，嘴里还在嘟囔，“你快说啊，到底怎么回事?”

千山跟司机说了地址。汽车在沉默中行进。

除了沉默，千山再想不出拿什么来应对。

小乔狐疑地看着千山，从未见他如此严肃和慌乱。

千山把脸朝向窗外，小乔的目光快让他窒息。

一段超长的沉默后，小乔绷不住了，她审视着千山问：“到底怎么了？你告诉我，东方是不是出事了?”

“嗯？没有啊。”他故作镇定地看着窗外，“可能队里找他开会吧。”

小乔目不斜视，她直直地盯着千山的眼睛：“郑千山，你骗我，东方出事了对不对?”

千山看着窗外，还在狡辩：“没出什么事儿啊？能出什么事啊……”

霍地，小乔抬手把他的墨镜摘了下来，他们没遮没拦地对视。

千山立刻把墨镜夺回来，重新戴好。小乔的眼神像把锥子，将他刺痛。

又是一阵沉默，只听窗外的风呼呼入耳。

千山慢慢把头转回车内，小乔仍目不转睛地看着他。那揪心的表情令千山几乎快要落泪。

“先回家吧……回家以后我们再谈……”千山的声音颤颤巍巍，小乔听出了端倪。

一种不祥的预感扑面而来，之前东方说过回来要给她惊喜的，可他怎么连接机都不来？难道是真的发生了什么意外?

小乔立刻掏出手机，拨东方的号码。“您好，您所拨打的电话已关机……”

“怎么会关机?”小乔不可思议地望向千山。

千山不语，下意识地推了推墨镜。

小乔把满肚子的疑问憋在车厢里。她的预感向来准的。就像以前她预感东方会打电话来，果然几分钟后电话就会响起来。此刻，并没有惊喜的预感，千山的表情说明了一切。

“司机，麻烦你开到观园小区。”小乔突然冲司机说。

“不是先送你回家吗，去观园小区干吗?”千山急道。

“我要先见东方，不见他，我心里不踏实。”

司机看了千山一眼，左右为难，“你们到底要去哪儿啊?”

“观园小区!”小乔笃定地说。

“小乔，你听我说，咱们先回家，东方已经不在观园小区住了。”

“什么?!他搬家了?”小乔吃惊地看着千山，不知所措。

千山沉默着点点头。

“他搬哪儿了?”小乔追问。

“静月山庄。”千山道。

“静月山庄？那是个新楼盘，这么大的事他怎么一句都没提过？我出差前他也没说啊。绝对不可能，他怎么可能不告诉我呢？他什么时候搬的？我怎么一点儿都不知道。”小乔激动起来。

千山喉头一哽，“他，他还没来得及……”

小乔直直地盯着千山的脸，打断道：“东方有别的女人了，是不是?!”

千山摘下墨镜，恳求道：“小乔，你听我说……”

司机突然打断道：“我说你们俩到底要去哪儿啊？已经过四环了啊。”

“去东直门吧。”千山又转向小乔说，“先去我那儿吧，到家我跟你说。”

小乔的脸色一阵煞白，她盯着千山的眼睛，身子没动。嘴里不停地念：“我就知道他这次肯定有事，E-mail 也不常发，我给他发，他也不回……该死的家伙，陈东方他到底在哪儿?!”

小乔越说越大声。

千山一声不吭闷着，脑子早已乱成一锅粥。

四十分钟后，出租车终于停了下来。

小乔朝外面看了一眼，坐着没动。

千山下车后，替她把车门打开，又从后备厢里把行李拎出来。

小乔却把车门砰地关上。

“小乔，下车，到了。”千山走过来。

小乔不看他，执意说：“我要去找东方。”

千山急了：“你先下来……下来再说!”

小乔不理他，冲司机说道：“师傅，麻烦你去观园小区。”

司机左右为难。

千山把车门拉开了，正色道：“楚小乔，你先下来！我告诉你东方不在观园小区住了，你去干吗?”

“我不信——”小乔一吼。

千山猛地把车门打开，一把拽住了小乔的手，“你先下来，上楼我跟你谈!”

小乔犹豫了一下，跌跌撞撞地跟着上去了。

千山的家整洁宽敞。认识这么久小乔第一次来这里，气氛却是从未有过的凝重。

千山和小乔一前一后进去。客厅里放着一张千山和东方的合影。两个人穿着球衣，彼此搂着肩膀，笑得十分灿烂。小乔一眼看到，她径直走过去，狠狠看了两下，坐回沙发上。

千山给小乔倒了一杯果汁，递给她。

小乔接过来，默默喝了一口，慢慢地说了句：“现在可以说了吧?”

看得出她的情绪稍稍平复了一些。千山坐到旁边的沙发上，眉头紧锁。

小乔把杯子放到茶几上。双手抱在胸前，她等着千山告诉她真相。脑子里一边飞快搜索着东方身边的女人。她向来对东方没有把握。喜欢他的人从未间断过，他的英俊帅气、他的阳光笑容令他始终是球队里最耀眼的一颗星。

千山定定地看着小乔，不知如何开口。

小乔望着千山，勉强笑了笑，“有什么话就直说吧，别怕我受不了。我挺坚强的。”

千山停顿了一下，艰难地开了口，“小乔，东方他……他出了车祸。”

小乔怔住，骇笑了一下，又收住。

“你开玩笑吧，他怎么会出车祸?”

千山缓缓地说：“是车祸。小乔，你听我说，东方他……他死了。”

小乔有些惶惑地笑了笑：“郑千山，你说什么呢？你怎么大白天说胡话啊，前两天我还收到他的 E-mail。你对我还用隐瞒吗？是东方让你编出这话来的吧，你让他当面跟我说啊！他现在人到底在哪儿?! 你说，他到底在哪儿——” 小乔说到最后吼起来。

“小乔，你冷静一点!”

“是他有了别的女人了吧，想跟我分手是吧，你让他过来跟我说啊，他怎么连这个胆量都没有?!”小乔浑身发抖，眼泪在眼眶里打转。

“小乔，东方出了车祸，你听清楚没有，他出了车祸。”千山一字一顿地。

“别骗我了，前两天我还收到他的 E-mail，怎么可能出车祸……”

千山打断她：“……那都是我发的。”

“你发的?!”小乔瞪着他，顿时无语了。

千山的眼圈慢慢地红起来：“对不起，小乔，我不知道怎么跟你开口，都是我不好，是我大意了，没照顾好东方……”

小乔怔怔地瘫到沙发上，一时不能言语。

整个房间好似瞬间就要旋转起来，两个不大的沙发在半空中打转。千山在一边流泪，小乔在另一边发怔，两张痛苦的脸骇人。

那一刻仿佛小乔也跟着东方死去，没有灵魂的躯壳，正坐在沙发上，不停地天旋地转。

“小乔，你说话，你说话呀……”房间里只有千山的声音，“小乔，你想哭就哭出来，哭出来会好受些……”

“小乔，你说话呀！说话呀……”

蓦地，房间里一声惨叫，小乔哇地哭出来。

“东方死了？这怎么可能呢?！郑千山，你骗人，你骗人——”

接着房间里是更痛彻心扉的号哭。

不知哭了多久，房间里才安静下来。

小乔默默地走到门口：“我想回去了。”

千山担忧地望着她，“你去哪儿……”

小乔不应他，沉默着走到电梯口。

电梯门开了，小乔走进去，千山刚跑过去，电梯门重重地关上了。

封闭的空间只会令人更想哭。眼泪再一次决堤。东方的面孔从电梯的各个角度都能看到，他还活着，他一定还活着！

小乔崩溃地蹲在地上，再次号哭……

千山睃睁在电梯门口。他听得见那哭声，心如刀割。

4

失去东方的小乔把自己扔在街上。

满街的行人把小乔挤在中间，她那么渺小，又那么特别。

最苍白、最落寞、最悲伤、最绝望、最濒死的那个女人就是小乔，她的五官平整，没有抽搐，没有流泪，可悲伤写满她整张脸。

那种悲伤令她在人群中格格不入。

“车祸？怎么发生的？……发生的时候你在哪儿？……为什么你们同在一辆车上，你完好无损，他却死了??这可能吗？可能吗?!……”

哭喊声像影子一样尾随着她。

她冲千山吼叫，她只能怪他，他在现场，他没有保护好东方，他要负责！

“是我的错，那晚我不该让东方喝那么多酒，我看他喝得不省人事，又吐了，我是想早点送他回酒店……他们要唱通宵，我是想让他早点回去休息，哪想到会发生车祸啊！……我心里比你还难受，整件事都是我的错，如果我那天不送他也没事，不喝那么多酒也不会有事，我自己也不知怎么了，开那么多年的车都没出过事，偏偏就那天……哎，都怪我，全是我的错！”

千山在忏悔。小乔听不进去，她骂，她吵，她哭，她喊……

“为什么第一时间不通知我？为什么?!我连他最后一面都没见到，你为什么到现在才说？为什么!!”

她快疯了。

“我怕你承受不了。”

“你浑蛋！”

“小乔，你听我说，我当时脑子乱了……”

“我不听，你闭嘴！”

喊不动、哭不动的时候，小乔才想起来要走，她不想再看到千山，她恨他。她要东方活过来，活过来！

什么都可以失去，东方不能。

他们说好明年要结婚的。现在什么都没有了，怎么活下去？

要怎么活下去?!

街上的小乔像个流浪的孤儿，没有目的地，只有无尽的哀伤。

街头橱窗里的电视到处都是东方车祸的报道。画面里东方微笑依旧，那定格的笑容熟悉又遥远。小乔颓然地看着，眼里是爱意，是不舍，更是伤痛。

千山在后面跟着她，一路躲开别人的碰撞。

一个卖小钥匙串儿的女人拦住千山，向他兜售。千山推了她一把，她的钥匙串儿跌落下来，散了一地。千山赶紧蹲下来捡了两个，又站起来，掏出钱包拿出五十块钱塞给她，转身往前追去。

而此时小乔已经踪影皆无。

千山四处望着，额汗涔涔。

人来人往的，他追赶一个，看正面却不是，漫无方向地跑了一阵，都不见小乔。

千山掏出手机来打电话，小乔关机。

再把电话打到她家里，一阵忙音，无人应答。

再打手机，仍是关机。

千山茫然地把手机合上。脸上一团糟。

小乔会去哪儿呢？

千山用手按着头，不断地用手指摩挲头发，突然他招手拦了一辆出租车坐了上去，“师傅，去观园小区。”

在出租车里稍稍冷静的千山又想起另一件事，东方遗体捐献的事还未告诉小乔，这事若再明确地说出来，小乔一定疯掉。

千山脑中一片混乱，只听一声急刹车，出租车猛地停下，千山吓了一跳。

“走路不长眼睛啊！”司机骂了一句，“幸亏我及时踩住了，不然真撞上，我一辈子都得倒霉！”

千山心里一抽，那天车祸的场面即刻就来，一身的冷汗。

“哎，观园小区到了。”司机提醒呆在后座上的千山。

“噢。”千山回过神来，赶快付了钱。

保安在门口拦下了。

“对不起，我想问一下，刚才有没有一个女孩子来这里找人？头发不长，到耳根，挺瘦的，这么高，”千山用手在自己脖子处比画了一下，“白皮肤，眼睛圆圆的，穿一件白毛衣……”

保安疑惑地看着他。

“噢，她是来找陈东方的。”

保安开口了：“好像有这么个女孩，来了，又走了。”

说话间又走来一个高个子的保安。他望着千山，“咦，你不是那个球星郑千山吗？你也搬到这个小区了？”

千山没理会，他追问刚才那个保安，“那女孩是什么时候走的？”

“刚走。”

千山点点头，“谢谢啊。”

高个子的保安在身后叫起来：“哎，郑千山，你先别走啊，给我签个名儿啊……”

千山头也不回地转身走了。

高个子的保安气哼哼地骂道："一个破球星，有什么了不起的！狂什么狂，怎么出车祸的不是他啊……"

"哎，谁出车祸了？"另一个保安问他。

"陈东方啊，这你都不知道。"

"怪不得不少人到这儿来找陈东方，原来是个球星啊。"

"刚才那个也是球星，不过他比陈东方差远了，球踢得特臭……他倒没死……"

对话刺耳地传入千山耳朵里。

他加快了脚步，走出小区。

那个"死"字像针一样扎在他的身体里。

受到这样的挤对，不是头一次。比不上陈东方，他却认。

踢后卫的怎么也比不上前锋，更何况东方确实球技一流，他心服口服。也正是这一点，他跟东方走得最近。男人之间惺惺相惜，本事说了算。

抽了根烟，稳了稳情绪，千山站在路口思忖：离开观园小区，小乔会去哪儿？她会不会做傻事？

想着，千山心里又乱起来，此刻，他恨不得出车祸的人是他自己。

熙熙攘攘的人群再次把千山淹没。他迷失了方向。

从未像现在这样担心过一个人。满世界疯了一样找一个人，从来没有。

和惜云在一起的时候，千山从来不用担心。惜云听话，从不做出格的事，他们在一起三年，他从未有过担心的念头。即使他们吵架，他都没担心过。真正分手的那一天，担心已不必了。分手的第二天，惜云就坐飞机去美国了。

临上飞机，惜云还给他发短信说：你不用担心我，我会过得很幸福。

说不出担心为什么从来不光顾他和惜云之间。他们恋爱这三年，担心从未来过，直到恋爱结束，担心更不会来了。

而现在他担心了，他担心小乔，要命地担心！

这时，他突然听到手机铃声，一把抓起：“是小乔吗？你在哪儿?!”

“什么小乔，少打岔，告诉你郑千山，我是周忆，东方的表哥，你看是我过去，还是你过来，这事不当面谈恐怕解决不了。”

千山神色一凛，“好，我过去找你。”

一落座，千山开门见山：“你说吧，多少钱?”

“算你还是聪明人，你也好歹是个名人，打起官司来，你的前途不用我说你也明白。”周忆似笑非笑。

“这钱不是给你的律师费，请你搞清楚！相信你也去警察那儿了解清楚了，能不能打赢这场官司你心里比我有数。我今天来见你，是因为你是东方的表哥，不是律师！你开个价吧。”千山面带愠色。

“痛快，三百万！”

“好，请你把东方父母的账号告诉我，我直接给他们汇过去。”千山毫不犹豫。

“早准备好了。”说着周忆从包里掏出一张字条扔到桌上。

千山抓起字条迅速离去。

周忆一动不动地坐在椅子上，他那三寸不烂之舌还未施展本领，事情竟在十几分钟内解决。律师生涯头一次谈判得如此迅捷。

事情太顺利了，反而让人觉得诡异。

周忆在心里盘算着，他不知郑千山打的什么算盘。

回到家时已近黄昏。千山疲惫地从电梯里出来，正要开门，却怔住了。

小乔就蹲在他的家门口，可怜巴巴地抱着自己的膝盖。

看见千山，小乔站了起来，腿都麻了，一时站不稳，千山赶紧扶了她一把。

“我的行李忘了拿。”小乔的眼角泪痕犹在。

慌了一天的心总算落定，千山迅速打开门，扶小乔进去。

小乔又坐回到那个沙发上，她拿起茶几上的果汁一口全喝了。

千山疼惜地说：“我给你热杯奶吧。一天没吃东西了吧，想吃点什么？”

“不要，什么也不想吃……有酒吗？”小乔无力地说。

千山看着小乔，点点头。这个时候小乔说什么他都会答应。

去厨房那边翻了翻，千山拿出一瓶葡萄酒来，用钻子把木塞启开。他把酒放到茶几上。转身回到厨房找出两个杯子，他回客厅时，看到小乔用嘴对着瓶子，已经喝起来。

千山走到小乔身边坐下，他看着小乔一言不发地喝酒。

他想劝，却不知说什么，脑子已乱成一锅粥。

想了想，他缓缓开口道：“……当时东方躺在后座上，头的位置靠窗，撞车之后伤到了后脑，医生说……”

小乔打断了千山的话，只说了句：“喝酒。”

千山再不敢出声，心里隐隐地痛起来，小乔的表情令他害怕。

屋里一片死寂。

5

那个夜晚不寻常。

千山的家整夜没有开灯。

两个人坐在沙发里，沉默着。黑暗里，千山望着小乔，看着她把一整瓶酒都喝光。

他不劝。他自己也拿了一瓶，自顾自地喝。

喝到最后，他醉了，迷迷糊糊地昏睡过去。

醉酒的夜，千山又梦到那个画面——

他们四个人在大山里乱吼一通。

“千山!”“东方!”“小乔——”“惜云——”

那是一段最快乐的时光，笑声爽朗，气氛明快。

小乔和惜云有着完全不同的个性，样貌也绝不同类，各有各自的美。小乔可爱，伶俐；惜云温柔，多情。那时他爱捉弄小乔，当她小妹；对惜云体贴，是个踏实的情人。那一次他从背后把惜云抱起来，看到的却是小乔的脸，东方拼命追过去，给了千山一拳头，四个人乐成一团……

半梦半醒间，千山看到惜云朝自己走过来，她穿着洁白的婚纱，很美的样子。

他走过去，下意识地想拥抱她，却抱住了小乔。就在那个拥抱里，东方突然闯了进来，这一次他狠狠地把千山打倒在地，不止一拳，是数拳，不是玩笑，是痛打。

鲜血流了一地，千山倒在地上，怔怔地看着小乔。

他正要解释，小乔也冲过来，打了千山一记耳光。

“啪”的一声，千山瞬间醒来。

是噩梦。

醒来时，客厅传出电视的声音，千山寻过去，小乔正在看球赛录像，东方和千山在球场上跑动着，解说员不断高喊：“东方进球了！这一次东方和千山的配合太漂亮了，千山一个长传，正好送到东方脚下，东方顺势一踢，球进了！……”

欢呼声弥漫着整个客厅。

千山看着小乔，小乔看着电视，没有目光交集。

两人沉默的时候，东方正在电视画面里被众人欢呼着抛起，落下，再抛起……球场一片沸腾。

千山轻轻叫了一声："小乔……"

小乔死死盯着电视画面，并不理会。

比赛结束了，东方正在接受记者采访。他兴奋开怀的样子迷死人。

"去睡一会儿吧。"千山小心地说。

"我不困。"小乔伸手去拿茶几上的酒瓶，里面已经空了，"还有酒吗？"小乔这才看了一眼千山。

"你不能再喝了。"千山把瓶子夺过来。

小乔笑了笑，"我没喝醉，真的，脑子里清醒得要命。"

"去睡一会儿吧。求你了。"

"我不困，真不困。"

小乔专注地看着电视，那样子却令千山心里更痛。

电视上不断回放东方进球的慢镜头，解说员的语气越说越激动，球员们紧紧抱在一起，大家轮流拥抱东方。画面上不断出现东方的特写镜头，他开朗地笑着，是全场最亮眼的明星。

从不喜欢足球的小乔就是因为东方迷人的笑容才爱上足球的。只要有他的比赛，小乔每场必看。

为了能更多机会接触东方，小乔甚至去应聘《生活周报》体育版的记者，谁知她竟幸运地被录取了。所有人都骂她傻，去干又累工资又不高的记者，以她名牌大学的学历，至少应该去个外企拿高薪。小乔却有自己的打算，她喜欢东方，为了他，小乔想争取任何有可能的机会。

她就是有股子倔劲。

其实她心里明白，在她和东方这件事上，千山对她是有恩的。

那时惜云和千山刚开始谈恋爱，她和惜云是闺蜜，又是大学同学，很快就和千山熟络起来。千山早从惜云那里知道小乔的心思，每次和惜云约会也把小乔和东方叫出来，她最后能和东方走在一起，千山当然功不可没。

可现在，千山对她的恩又从何谈起呢？他把东方带到她面前，却又把他无情地带走，永远地带走了。

“小乔！”千山打断她，“你真的不困吗？在外面跑了一天，又喝了那么多酒，你休息一会儿吧。”

小乔望着屏幕，专注地望着，望着，好像东方从电视里走了出来，“嗨，我回来了，小乔，我回来了！”

他们热烈地抱在一起，吻在一起……

小乔终于睡了，千山轻轻地把被子给她盖上，静静地看着她。

月亮倾斜照进来的光，冷冷的。

千山一动不动地坐着，他的目光定在一处，不肯移开。

眼前的女孩面色青白，长长的睫毛安静地垂着，倔强的嘴角，眉头微蹙，眼角的泪痕未干，泛出点点莹光。

千山内疚心疼地看着，目不交睫。

6

自从那晚小乔离开后，接连几周都没有她的消息。

千山发短信过去，有时收到她一两个字，有时一天也没有回复。

他一直想找小乔长谈一次，却又胆怯。他知道只要一谈东方，小乔一定会哭，只要小乔一哭，他们也无法再谈下去。

何必再去揭一次伤疤？他不忍。可不谈，他们之间永远隔着芥蒂。这样的情绪最折磨人。

翻来覆去琢磨这件事，其实他亦明白以小乔的性子哪肯轻易原谅他，可越是这样，他越觉得非谈不可。总想长谈之后即使小乔不能原谅他，至少也能体谅。

他哪肯失去小乔这个朋友。惜云已经离开，东方不在了，若再失去小乔，太阳升起来都无意义。

现在，她是千山最重要的朋友。

月末的那天，千山硬着头皮给小乔打了电话，他想约小乔见面。

小乔一口回绝了，她不想见任何人。越是难过，越怕应付人，更何况他是千山。

早料到会失约，千山干脆跑到她家楼下等起来。

这样一来，小乔更反感，心硬起来就是不理睬。

足足等了一天，小乔不下楼。上去敲门，不开。打电话，不接。

两人从未有过的僵持。

若再僵持下去，绷不住的两个人都要爆发。

千山撤退了，对小乔，他只能无条件撤退。

又一星期过去，阳光依旧暖洋洋，抑郁的气氛却挥之不去。

就在千山以为小乔再不会理睬他的时候，小乔却意外地打来了电话。

小乔竟然要见面，千山又惊又喜，放下电话却又立刻不安起来，他知道一定有事。小乔的口气咄咄逼人，没有缓和的余地。

忐忑地走进咖啡馆，四下无人，在最里面的角落，他看到了小乔，已经比约定的时间早来了半小时，没想到小乔更早。

千山默默地坐到对面，打了声招呼，那语气带着尴尬、局促、不安。

没有人回答。咖啡馆里一片静默。

千山正欲开口调和气氛，小乔“啪”地把一份报纸扔到千山面前。

报纸的重要版面上刊登着东方车祸的消息，以及他捐献器官的报道。

千山愣了一下，脸颊发烫。这样的局面总会来，他不由自主地吸了口凉气。

小乔开口了，“东方的器官捐赠了？”

千山点点头。

“谁做的决定？”小乔愤愤地问。

千山定了定神，说：“是东方。是两年前的事儿了，当时我也填了捐赠的表格。说实话，没想到会……”

小乔打断他：“他捐赠了什么？”

千山犹疑着说：“差不多都捐出去了，东方伤了脑，器官都是健康的。心脏、肾，还有肺、眼角膜……”

小乔眉头蹙起来，泪盈于睫：“支离破碎了……是吧？”

千山没说话。他垂下头，不敢看小乔的脸，那张脸早已泪水涟涟。

“……是怎么发生的？”

“什么？”千山脑子发蒙。

“我是问你那天的车祸是怎么发生的！那天你不是在场吗？!”

“是，是我开的车。我不是告诉你了吗，是车祸……”

“我问你细节！”小乔睁大了眼睛，骇人的样子。

千山鼓足勇气，再说一遍："当时经过一个路口时，恰好有辆车从路口蹿出来，我赶紧刹车，我打轮太猛了，当时东方喝醉了，躺在后座上睡着了，头部撞到车门上，医生说脑部的伤是致命的，是后脑……"

小乔猛地站起来，"不要再说了！"

这突兀的一喊，令咖啡馆里的服务生侧目。

千山拉了她一把，"小乔……"

小乔向后躲了一下，"别碰我！"

千山压低了声音："小乔，对不起……我一直想跟你好好谈谈，东方去了，我心里不比你好受，他是我最好的朋友，最好的哥们儿啊！"

小乔向后退去，抓起自己的背包冲了出去。

千山在门口抓住她，"小乔，你听我说……"

"是，你是他最好的哥们儿，那我算什么，连他捐献器官的事我都不知道，我是个大傻瓜！"

小乔说着眼泪又哗地流一片。

"小乔，对不起，捐献器官的事我以为东方告诉过你，我……"千山拽住小乔，努力解释。

小乔用力一甩，把他的手甩脱了。

没见过她用那么快的速度冲过马路，打了辆车就消失了。

愣在咖啡馆门口的千山，一脸沮丧。

路人纷纷投过来奇怪的目光。他顾不得这些，他的眼光停在小乔消失的地方，不肯挪开。

积怨越陷越深，小乔的迁怒压在他肩膀上，令他不能喘息。

那场车祸怎么解释都无道理，他的角色怎么解释都是罪人。

小乔的眼泪和东方的微笑成了他脑中挥之不去的画面。未下雨，他的身形却如落汤鸡。

天突然就黑了，华灯初上，一张郁悒的脸游荡在闹市中，有点骇人。

秋意正浓，行人急匆匆地穿梭而去，每个人都不愿意晾在微寒的街道上。

一对情侣擦肩而过，不经意地撞了一下千山。千山闷着头，浑然不觉。

他们边走边议论——

男的说："真没想到陈东方出车祸死了，挺可惜的，我觉得也就他还算踢得不错的，其他人都不成。"

女的说："郑千山也还凑合，虽然没有东方长得帅，但挺有味道的。"

"什么味道？你没看他最近踢得多恶心，他比东方差远了。"

……

你一句我一句，刚好全部听到。

千山下意识地把脸埋了埋，生怕被人认出来。

这样的对话偏偏能准确无误地传到耳朵里，防不胜防。

为何出车祸的人是东方？若是他自己，那才大快人心。

没有人了解这些日子他心中的苦闷，此时此刻，他连一个倾诉的人都找不到。

父亲去世后，母亲改嫁去了新加坡，从小他在体校长大，东方跟他一个宿舍，这么多年摸爬滚打，朝夕相处，情同手足。此时再去说什么兄弟情谊只会遭人耻笑，这种心情小乔都不会体谅，又何言外人？

现在他是众矢之的，恨不能万箭穿心才好。

手机铃声急促地一响，千山一激灵，他以为是小乔，想都不想脱口而出，"小乔，你听我说……"

对方打断他，是队长张潜。

千山像是遇到救兵一般，不由分说要张潜出来见面。他太需要有个人陪他说说话了。此时张潜的一个电话都令千山感激涕零。

张潜是队长，千山一直把他当大哥看待。私下里，张潜、他和东方三人又是关系最近的兄弟。

那一个晚上，张潜陪着千山喝酒，义不容辞。千山满肚子的话，发泄般倾吐。

满满的话，满满的酒，一醉方休。

7

报道东方捐献器官的那份报纸被小乔攥在手里，皱巴巴的。

小乔反复地读，自虐般。

支离破碎了吧，不必详加解释与形容，都能想象出那个情形。

越残忍的事，越要止不住去想细节，人在痛苦的时候偏要想更痛的事，除此之外，还能做什么？

小乔靠在床边，她出奇地累。全身的骨头像被人抽走，让她动弹不得。

脑中那支离破碎的画面一幕幕袭来，后脊发寒。

那是件多可怕的事，连最后的身体都不能完整。

捐献表格两年前就填好了，自己却浑然不知。

两年前他们刚刚开始交往，或许那时东方还不肯说这些，可之后的两年呢，东方也只字未提。为何？

再想下去，东方无缘无故地搬去静月山庄，同样是背着自己，又为何？

究竟他还瞒着多少件事？又为何要瞒呢？

左思右想，小乔拿起了电话，她要见两个人，她必须要见。

深蓝咖啡馆，小乔把见面的地点约在了这里。以前，她和东方总喜欢来这儿。

这里的墙、桌布、沙发靠垫，甚至玻璃杯都是深蓝色的，配上白沙发、白桌椅、白杯垫，很有一种风情。小乔喜欢蓝色，他和东方都钟情这里。

重新坐在那个熟悉的位置上，小乔看到东方冲她笑，那笑容却令她苦涩。

两位老人走到了那个靠窗的位置。

小乔站了起来，“伯父，伯母。”

东方的父母冲她摆摆手，“小乔，坐下吧。”

三个人一起坐了下来。是三张憔悴不堪的脸。

刚坐下，小乔的泪便止不住了。

东方的妈妈紧紧握了握小乔的手，拍了拍，“小乔，……好孩子，别哭了。”

心碎的人哪经得住安慰，这一劝，泪来得更凶。

东方的妈妈也忍不住哭了：“别伤心，孩子……这些天我们才刚刚好些……这孩子这么年轻，我们都没想到他会走得那么早……”

小乔哭出声来，但极力压抑着。

东方的父亲叹了口气，眼圈也红了。

小乔说：“伯父伯母，有件事我是想告诉你们，东方两年前填了器官捐献表格……”

“这孩子就是这样，做了什么事也不和家里商量一下。”陈妈妈说。

“你们早知道了？”小乔问。

“这件事我和他妈也是才知道不久。”陈父说，“刚知道时我们也是很难接受，现在冷静下来仔细想想，东方这孩子是有心的，他从小善良，喜欢帮助别人，所以他填这个表格我们不应该不接受。这孩子也是做了件善事啊。”

陈妈妈抹了抹眼泪，不说话。

陈父看了老伴一眼，接着说：“他妈妈一直接受不了这个事实，但不接受又能怎么样？人都不在了，他的器官若能救更多的人也是好事。当时在医院的时候，看着那孩子的遗体，我们根本接受不了，甚至把所有的气都撒在了千山身上，我们恨他，恨他带走了东方……来北京在他表哥家住了一段，慢慢能接受这个事实了。东方是个善良孩子，他的遗愿我们又怎么能反对呢？换种角度想，其实东方还活着……只不过，是换了种方式……”

小乔委屈地哭着，边抽噎道，“我就是接受不了……我不要他用这种方式活着……我想要原来的东方……我不要他死……”

陈妈妈搂住小乔的肩膀，小乔抱着陈妈妈索性放肆地哭出声来。

陈父看着这一幕，低下头连连叹息。他的儿子走得太突然了，白发人送黑发人是对做父母的最大折磨。

陈妈妈拿出一本相册，递给小乔，“小乔，这是东方的遗物，里面都是你和东方的照片，我们留了一本，这本你收着吧。”

小乔接过相册，好不容易止住的泪又来了。

陈父拍拍小乔的肩膀说：“我们下周就回云南了，以后你到昆明去的时候有空来家里坐坐……”

三人相拥在一起，掩面而泣。

对于小乔，东方的父母是一直把她当准儿媳看的，本来两位老人也有意明年让东方和小乔结婚，连婚庆公司都打听好了，谁知东方这突然的离去令所有的计划都成了空……

分别时，陈父说："小乔，有件事要麻烦你。千山给我们汇过来一笔钱，我们想了想，这钱不能要，你跟他说一声吧，我们会给他退回去。这件事也不能全怪千山，他不是坏人。但我们也不会和他再碰面了，你代我们说一声吧。"

小乔点点头。

目送他们离开，眼泪久久停不下来。

这才几日，两位老人已苍老了近十年。

扁扁的两个影子，瘦得吓人。

难得他们还能看得开，背后的眼泪不知要挥霍多少。

接下来的日子，小乔无所事事。

东方出事已经一个多月了，这个事实避无可避。心里却依然不肯接受。

悲剧仿佛永远发生在昨天，何时想起来都毛骨悚然。

每次打开房门，总希望门后有个人突然跳出来，吓她一跳，捧着大束花，送来大把的惊喜……小乔追着他打，一路打到沙发上。再跳到他的脖子上，东方托着她跑，一路撞到天花板，头上立刻肿起包来……

小乔捉弄他的时候更多，骗他窗帘拉好了，东方一丝不挂地从浴室出来，对着一览无余的落地窗，惊魂未定地去披浴巾时，小乔笑翻在床上……

散步时非要训练他倒着走，一手拉着他，还是让他撞到树上，东方愤愤地扑过来，小乔跑着笑作一团……

那个总爱开玩笑的家伙藏哪儿去了？吼了半天还不出来？

浑浑噩噩，行尸走肉，这一个多月，人不像人，鬼不像鬼的，生活一团糟。

工作断断续续，错误百出。

晚上睡不着，睡着了又会蓦然惊醒。

突然孑然一人的时候，生活都无法继续。

不得不跟报社请了一个月的假，只能让自己停下来，一点点养伤。

同事来看她，她不见；父母要过来陪她住，她不肯；千山打电话来，她不接……她不想见熟人，认识东方的人，她都不想见。没有人能安慰她，用了好多办法都不行，漫天漫地都是有关东方的记忆。

也许只有时间才是治疗悲伤的良药。

许多痛不必去化解，时间会医好它，只是这时间的长短谁又能说得好呢？

内心受伤的病人，医生都拿不出办法。

小乔一连在家闷了几天，头不梳，脸不洗，十足的破落户。

几天不开手机，一打开全是千山的短信。

小乔只回了一句：

你以为拿钱就能换回东方的命吗？没有人稀罕你的钱，东方的父母也不会要！拿钱买人心，只会叫人更看不起！

也想不出再狠的话，短信发出去，情绪更差。

为什么还要活？为什么不跟着东方一起走？为什么还要这样人模鬼样，生不如死？

小乔跟自己对话，没有声音的对话，她更挣扎。

独居的女人就是这样，悲伤来的时候只想寻死。

一个电话把小乔从濒死中拉了回来。

是惜云。

她在美国也听说了东方的事，立即飞了回来。没有人叫她回来，她却跟老公撒了个谎，飞回了北京。

回国的第一件事，就是见小乔。

她知道小乔撑不下去。这样的打击女人都无法承受。

惜云嫁到美国后，打扮风格通通改变，好似另一个人。

小乔看着她，无所适从。

“别把我当妖精看，我老公有钱，我就愿意这么花。这衣服不适合我，可它贵。”惜云点了一根烟，一吸一吹。

“在美国没事做，我就抽烟了，以前我最讨厌抽烟，看到千山抽烟，我就恨，可现在我喜欢抽了。”惜云染着红指甲的手指夹着烟，像个贵妇。

小乔不想说话，也不发问，缩在沙发里，喝酒。

“你怎么也喝上酒了，以前东方喝酒你不是最反对吗？”说完惜云就后悔了，口气一转，“小乔，对不起，我知道你难受，别说你，我都难受。网上看了消息，真不敢相信。”

小乔的眼泪这几天差不多流干了，别人只要说起东方的名字她都要落泪，今天惜云提起来，小乔却很平静。

这平静却令惜云无措。

“离开千山的时候，你怎么想的？”小乔问起了千山，她自己都意外。

“怎么说起这个？”惜云熄灭了烟，背靠紧了沙发，“那时很想结婚，我家里条件不好，你也知道，我爸妈看病也需要钱啊。很想有个男人能帮我撑起这个家。我跟千山在一起也三年了，可千山不肯结婚，我以为我提分手，他就肯结婚了。谁知他那么绝，他竟然一点都不去挽回。”

“你还爱他，却还是嫁了别人。”小乔一脸平静。

“正好遇到了老李，他大我二十岁，有钱，在美国有车有房子，对我好，愿意娶我，我为什么不嫁？”

“这次回来，是为我还是想见他？”小乔直接地问。

“当然是为你了，小乔，在我面前就不要当记者了好不好。你总这么一针见血的，有什么好？”惜云发窘。

“离开了是不是很难过？想见他对不对？”小乔继续问。

“……”惜云看着小乔，一时不知如何回答。

“是，只要你想他，就可以飞回来见，我就惨了，想见的时候不能见了，再也不能见了！”小乔一脸冷霜。

“小乔，我知道这时候我说什么都没用了，可我还是要劝你。东方其实并没有死。”

小乔一愣。

“东方还活着，他把器官都捐献了，他的器官还活着啊！小乔，你要这么想，他并没有死啊。”

小乔怔住了。

是啊，他的器官还活着啊。

他没有死。

他还活着呀！

默念了数遍，小乔忽然看到东方跑了过来，拍了拍她的脑袋，“小傻瓜，我还活着，你看我这不好好的嘛。”

小乔紧紧抓住了惜云的手臂，“惜云，我看见东方了，他真的没有死……”

“小乔……”惜云拉着小乔的手，看她似笑非笑的脸，心里一揪。

第二天，千山接到了惜云的电话。

没想到惜云为此事回北京，心里意外。

惜云要见他，他含糊其辞。已乱成一锅粥了，他无力再应付新情况。

惜云执意要见。她软硬兼施，非要见他不可。

就在惜云要走的前一天，两个旧情人终是见了。

那场面却完全出乎千山的意料。那一次谈话，令千山背负了另一重罪。

见面那天，惜云把头发盘起来，浓妆美艳，头发挑染成棕黄，耳朵上挂一对超大耳环，那样子是千山从未见过的。

眼前的惜云比以前成熟很多，可千山却并不觉得意外。

“你是想说我样子变化大？”看着眼前这个日思夜想的男人，惜云的口气却是极轻松。

“没有，我觉得挺适合你，没什么不好。”千山语气淡淡的，东方的事早已令他一蹶不振。

“你开车怎么会出意外？你是老司机。”惜云话锋一转，她看到了千山的憔悴。

“你想说什么？”千山警惕起来。

“没有指责你的意思，只是这件事我也有点想不明白。”并未设计谈话内容，可惜云的思路出奇地清晰。

“你话里有话。”

“我知道千山你不是那样的人，我相信你，可小乔她未必会相信你啊，毕竟车祸因你而起。”

“我会慢慢跟她解释，总有一天，这事她会明白。这是个意外，谁都不想发生的意外。”千山已焦头烂额。

“真是意外吗？怎么那么巧出事的人是东方？”

“惜云，你这次回来，就是想对我说这些？”千山语气强硬起来。

“不是，我只是想见你，只是见了你，我又想多说几句。”惜云也不客气，针锋相对。她对千山总归有气，爱恨交织。

“那你说吧，我听着。你是想说是我害死了东方，是这样吧？”千山睨着惜云，那眼神里已完全没有爱意。

“我没说。”惜云躲开了千山的眼神，这一切不是她想看到的。

“是小乔说的，对吗？你们应该见过面了。”千山追问。

“她也没说。”

“可她心里就是这么想的。你也是这么想的？”像一场辩论，并不是旧情人叙旧。

“我知道你不会，千山，我了解你，你的人品我更了解。只是……”

“只是什么？”千山表情紧绷。

“只是现在这样的结果，对你似乎没什么不好。”惜云点了一支烟，头一次她在千山面前吸烟。

“我不明白。”千山换了个姿势，心里隐隐不安。

“小乔一个人了，东方不在了，我嫁到了美国……”

“你到底要说什么，孟惜云！”千山厉声道。

“你喜欢楚小乔！”惜云声音更夸张，她盯着千山的面孔，不依不饶的。

“你在说什么，惜云，你今天找我究竟要跟我说什么，就说这些没影的事儿？”

“是没影的事吗？！”惜云狠狠吐出一口烟。

“惜云，你说话怎么还这么不走脑子？说这些事有意思吗？！”千山气得把脸扭向窗外。

“是，我是不走脑子，那么请你走走脑子，为什么当初不愿意和我结婚，你心里比我更清楚！我现在已经结婚了，到今天你还不敢承认吗？”惜云死死盯住千山，像个复仇者。

“你简直不可理喻！”

千山站起来就要走。

惜云也不拦。

门咣当关上了，只留下惜云一个落寞的背影。幸好酒吧里放着轻音乐，没有人注意到这桌的不愉快。

只是那音乐变了调，弄得惜云哭起来。

泪大颗大颗滚落。惜云的妆花了，像个妖精，悲伤的小妖精。

8

自从那晚和千山聊完后，张潜心里亦不是滋味。他是领队，队里需要像东方这样的优秀前锋。东方的离去，令这个队岌岌可危。

队里不少人在责怪千山，甚至有人说千山是因为妒忌东方，故意制造的车祸。

流言蜚语满天飞，张潜知道千山绝不是那样的人。警察也进行了全面的调查，队里专门召开了新闻发布会澄清了许多车祸的细节。肇事司机也被判了三年牢。千山是没有责任的。可是，最著名的前锋没有了，他这个领队还怎么干？

在他内心深处，他是埋怨千山的；另一面，他又同情千山，他们是球场上的战友，多年的打拼令他们的友谊坚不可摧。

可他心里怎么就那么不自在呢？

当他面对千山时，矛盾的心情时断时续，令他这几日都不痛快。

那天一大早，他开车从家赶去队里时，一个女孩横冲直撞地过马路，差点撞到他车上。

他惊魂未定，刚要跟这个女孩理论，仔细一看，竟是楚小乔。

“小乔——”他摇下车窗喊道。

小乔转身看看他，一时未认出来。

“我是张潜啊，你这是要去哪儿啊，这么着急。”

“噢，是队长，我有点急事。”

“要不要我送你去?”张潜看着小乔苍白的脸，担心地说。

“不用，我有点私事。我先走了啊。”

小乔说着要走，却又转身朝张潜的车走过来。

“对了，队长，有件事我想问你。”

“我把车停一边，你上车说吧。”

小乔坐进车里，神色一凛，“张队长，我想问你，你还记不记得两年前，东方填了一张器官捐献表格。”

“这个我还真不清楚，还是东方出事后，我才知道的。”

“不是队里组织填的吗?”

“不是，像器官捐献这种事，都是自愿的，队里是不会强迫大家的。”

“怎么偏偏就东方和郑千山填了这张表?”小乔的眉心紧紧拧在一起。

“他们两个经常在一起，又是一个宿舍的，当时可能一起去的。”张潜解释道。

小乔沉默了。

张潜问:“小乔，你是想问什么?”

“没什么，我只是以为你们队里统一填的表格。”

“没有，队里是不会组织这种事情的。”

“好的，我知道了，那我先走了。”小乔打开了车门，表情僵硬。

“要不要我送你啊?”张潜担心地说。

“不用了，谢谢张队长，我先走了。”

小乔大步离去，她瘦弱的背影，更加剧了张潜的担心。他不放心地冲小乔的背影喊过去:“小乔，想开点，有什么事尽管找我!”

小乔回身点点头，冲他挤出一点笑，又迅速敛住了。

与张潜分开后，小乔去了医院。

那天跟惜云见完面，她就下了一个决定。她要为东方也为自己做一件事。

没有跟任何人商量，小乔来到了医院。

医院走廊里弥漫着浓浓的消毒水味，那是死亡的味道，令人窒息。

她向来不喜欢去医院。生了病从来都是自己网上查一查，就跑到药店买药。为此，东方总说她。

可也奇怪，每次小乔总能医好自己。她有句名言总挂在嘴上：做自己的医生。

东方拿她没办法，她太聪明了，凡事都有她自己的理。

抬头打量着各个办公室的牌子，小乔不慌不忙的。

在主任办公室前小乔停住了，她敲了敲门，没有人应。

一个护士走过来，小乔忙拦住她，“请问，李主任在吗？”

护士道：“他有手术，在手术室呢。”

“什么时候能完？”

“那可说不准，总得有几个小时吧。”

小乔急了，“请问手术室在哪儿？”

护士指了一个方向，“一直朝前，第三个口朝右转，走到头就是。”

“谢谢。”说完小乔就找了过去。

那间手术室外聚满了病人的家属，女人们哭哭啼啼的，男人们板着脸孔。

小乔走过去。她看到手术室上面亮着牌子，“手术中”三个字亮着红光。

小乔稳了稳情绪，找了个椅子坐下来。

人气、烟味混着消毒水的味道叫人不自在。

门外等待的家属们个个悲恸欲绝，小乔的心也跟着纠结起来，恍惚间，千山和队友们都来了，人头攒动，泪眼模糊，他们把浑身是血的东方推进手术室……

小乔稍稍仰起了脖子，生怕眼泪会止不住地掉下来。

又一个小时过去了，手术还在进行。

家属中间有人悄悄打量她。她旁若无人地坐着，面孔苍白。

医生奋力抢救，门外有哭声，他们叫着东方的名字，时断时续……

又一个小时过去了，手术还没有结束。

千山走过来对她说："东方一定没事的，小乔，你放心，东方一定不会有事!"

浑身是血的千山在走廊里那样突兀，路人投来惊异的目光，面对他谁都会尴尬……

小乔站起来试着在走廊里来回走动，坐了两个小时，腿脚已麻木。

走了几圈，才发现窗外的天色已经暗下来了。

手术灯仍亮着，东方仍然没有醒来……

三个小时过后，病人家属中有人已开始陆续离开。

小乔依然坐在那里，身心疲惫。

东方活过来，活过来！小乔心里一遍遍祈祷。

这时，病人家属中有个年轻男人走过来，他把小乔的思路打断："请问你是……赵林的朋友?"

小乔摇摇头。

年轻男人又问："那你是……"

小乔答："什么也不是。"

年轻男人有些讪讪地回到同伴中间，他们低声说了几句话。

小乔没听见，也无意听。

医院走廊里的灯光全都亮起来了，黄昏已过。

病人家属买来一些牛奶和点心，让大家充饥。

年轻男人友善地送给小乔一杯热咖啡。

小乔摇摇头说："谢谢，不用了。"

那男人把咖啡硬塞到小乔手里，"暖暖手吧。"

话音刚落，手术室的门突然开了，几个护士和医生走出来，一个护士对家属们说："手术很成功。你们不用担心……"

那一瞬间，小乔错乱地望着——千山欢快地跳起来，"东方得救了！小乔，东方没事了！"

走廊里一片欢呼，队友们紧紧抱在一起，泪流满面……

"太好了，赵林没事了！"家属们雀跃的声音令小乔猛然清醒，她忙擦去不知何时落下的眼泪，拉住一个戴眼镜的人："请问哪位是李主任？"

李主任一边摘口罩一边打量小乔，"我就是。"

小乔立刻有了笑意，"你好，李主任。"犹豫了一下，说，"我之前打过电话来，就是陈东方器官捐献的事……我就是陈东方的女朋友，楚小乔。"

李主任的表情一下子变得凝重起来，"噢，你跟我来吧。"

小乔点点头，跟着李主任进了办公室。

小乔开门见山地把她的决定告诉了李主任，她恳求李主任帮忙。

李主任沉思了一会儿，对小乔说道："你的心情我能理解，但从病人的角度来说，受外界的打扰越少越好。我们医生也有义务要对病人的情况保密。"

小乔忙说："我绝不会打扰他们的。"她停顿了一下，"我只是想看看他们。真的，我是诚心诚意的，我只想看看他们。"

李主任沉吟着。

小乔哀求："李主任，请您帮我这个忙吧，如果这件事不做，我真的没办法活下去……"她哽住了，眼泪夺眶而出。

李主任叹了口气："好吧，不过，移植器官的几个人中，多半都不在北京。"

"没关系，即使在国外我也肯去。"

李主任看了看笃定的小乔，他走过去打开文件柜，拿出一个文件夹。哗哗地翻拣了几下，把一个文件袋挑了出来。

"这件事，我希望你不要说出去，按理说，我是不应该泄露病人资料给你的。"李主任郑重地说道。

"李主任，您放心，我只想看看他们是否平安，我想尽我的力量帮助他们。我替东方谢谢您啦！"

小乔深深鞠了一躬，她把一辈子的感激都搭在里面。

9

失眠已有好一段时间，千山日渐憔悴，夜不能寐。

有时前半夜睡了，后半夜一定醒；有时一整夜辗转反侧，没有一点睡意；有时凌晨才能睡上一两个小时，白天又是全身无力。

训练提不起劲，技术不进则退，张潜几次提醒他，他都做不好。

队里来了新前锋，张潜让千山这个老队员带好头，可千山总不在状态，队里领导把他当成了靶子，一再批评。

一时千山萌生了退意，二十八岁的他，已觉得力不从心。

球场上少了东方，什么劲头都提不起来，有时走神还撞到队员身上，白白受伤。

千山找到张潜，想请一段时间的假。

张潜为难地看看他，说："这节骨眼最好别请假，领导已经对你有意见了，你得调整状态啊，不能因为东方的事一蹶不振，你还年轻，这个坎儿就过不去了?"

千山一言不发，他有愧。他曾尝试努力忘记那件事，可一到球场，满场都是东方的影子，令他无所适从。

最后张潜说会跟领导谈这件事，他心里也希望千山能休整一段时间，重新找回状态。

惜云走后，也再没有了小乔的消息。

与惜云的那次谈话，现在回想起来都后脊发凉。

听惜云的口气，千山知道小乔还恨他。

事情的重点还不在这里，是惜云的最后那句话——"你喜欢楚小乔!"

以前惜云说话不是这么直接，去了美国之后，连性格都变得强悍了。

回想初识的时候，惜云一袭白裙，长发飘逸，完全似一个不识人间烟火的纯情少女。

那一年惜云刚上大四，是一个朋友把她引荐给千山，说他认识人多，北京找工作不好找，有合适的工作机会可以给惜云推荐。千山见了惜云，对这个柔声细气的女孩很有好感，很快为她找了一份外企的工作。

惜云一边是感激，一边早已暗暗喜欢上高大稳健的千山。很快他们谈起了恋爱，一对璧人，羡煞旁人。

小乔也因此认识了千山。她跟惜云一个宿舍，比惜云小一岁，不似惜云那样骨感高挑，属于南方女孩的小家碧玉。

相熟之后，千山总笑她小肉肉脸，长不大。说话不温柔，笑她嫁不掉。

小乔也总反唇相讥，说他傻大个儿，笑起来满脸皱纹。

那时在千山眼里，小乔就是一个长不大的丫头，他们玩笑一番，都是哥哥妹妹的角色。

后来，小乔迷上了东方，他也暗暗帮着撮合。追东方的女孩很多，千山总制造他们四人在一起的机会，小乔才有机会跟东方走近。小乔在人堆里不扎眼，不是惊艳四座的美人，偏生得耐看，渐渐地东方和她成双入对，其中自然有千山的一份力。

为此，小乔感恩地把千山称为“大哥”，他们四人也成了一道耀眼的风景，总在一起玩笑。

小乔不是千山钟情的类型，从开始他就肯定这一点。

他向来喜欢高挑骨感的，惜云恰好是这一型。如果当初他对小乔有好感，又怎么会撮合她和东方？

千山思虑重重，躺在床上睡不着，索性起来喝一罐冰啤。

黑暗中，惜云的话反复传来——“你喜欢楚小乔！”“你喜欢楚小乔！”

这没头没脑的话，令千山猝不及防。

跟惜云在一起的三年，他一直把小乔当妹妹看，这一点惜云应该是了解的，她怎么会蹦出这么一句不靠谱的话。

东方出了事，他理所当然要关心小乔，他要知道她的近况，要了解她的心情康复情况，怎么关心就被说成喜欢了？

事故是他引发的，他再不管，那他成什么人了？

千山左思右想，替自己辩解。

再仔细想想，小乔在东方出事后，也好似变了一个人。好像一夜之间长大了，变得更倔强，更独立，更男孩子气了。

内心的伤痛却是一夜之间抹不去的。他能体会小乔的心情。女人爱的第一个男人，是无人能取代的。所以不管小乔怎么对他，他都会无条件承受。

惜云却把这种承受看做喜欢，完全不通情理。

千山在房间里大口吸着烟，吞云吐雾，心里不自在。

从医院回来后，小乔一刻不等，简单收拾行李准备出发。

惜云回美国后连着给她发了几封 E-mail，问她的近况，小乔没有回复。

她已顾不上这些，甚至跟父母也没打招呼，背了一个旅行包出门了。

一出街偏遇上大雨，拦了几辆出租车都没成功。小乔焦急地立在雨中，左顾右盼。

正绝望时，一辆车从街的另一边驶过来，恰好停到她面前。

车窗摇下来，竟然是千山。

小乔眼睛一跳，正欲转身走。

千山从车里追出来，“小乔，你这是去哪儿……”

小乔加快速度往前跑，可背着行李，她跑不快。

千山飞快追上去，拉住小乔，“这么大雨你要去哪儿，我送你过去，现在你根本打不着车！”

小乔停下脚步，回身瞪视着千山的眼睛，“现在，我最不想见的人就是你。你在我面前出现，我就会想到，是你杀了东方。我不愿意这么想你，所以，请你离我远一点儿！”

千山低下头：“小乔，对不起……究竟让我怎么做你才能原谅我？”

小乔把千山的话撇在后面，完全当没有听到。

千山追了一句，“我去医院找过李主任了，小乔，你这么做没有意义的……”

小乔头也不回地说道：“与你无关！”

她终于拦到了一辆出租车，逃命似的躲进去。

千山在雨中喊道："你现在这种状况，怎么适合出远门？你一个人很危险！"

小乔把千山的话甩在脑后，冲司机说："快开车。"

千山还在喊："小乔，你别傻……"

车子呼啸而去，溅起了高高的水花。

千山马上回到车里，发动了引擎，死死盯住那辆出租追赶起来。

更高的水花噼里啪啦打到车上，千山像足了一个赛车手。

刚追了一个十字路口，车竟然熄火了，重试了几次都打不着。千山眼看着前面小乔的车要拐弯，急得汗都下来了。他马上跳下车打了一辆出租。

司机正要问他去哪儿，千山急促地说："快追上前面那辆要拐弯的出租车，车号3369那辆。"

"好嘞。"司机应了一声，迅速追过去。

"快，再开快点。"千山催促道。

"放心好了，丢不了的。怎么，追女朋友？"司机瞟了千山一眼。

千山没吭声。

司机自顾自地说："追女人我可有经验。这么跟你说吧，女人就像感冒，太当回事儿了吧，什么药啊吊瓶啊，全招呼上来了，哎，她倒来劲儿了，又是发烧又是咳嗽，还成气候了；反过来，你就是不理她，爱流鼻涕流鼻涕，爱打喷嚏打喷嚏，最多多喝点儿水，多睡会儿觉，哎，它自己倒好了。你说，是不是这个理儿？"

千山还是没吭声。

司机扭头看了他一眼，笑了，"怎么了兄弟？失恋了？哎，甭往心里去，能追上更好，追不上拉倒，你朝窗外看看，满大街，那是啥？除了男人全是女人……”

千山忍无可忍地看着司机，“你能不能闭上嘴?!”

司机愣了愣，不高兴地转开了头，抽出根烟叼在嘴上，刚要点火，千山冷冷地说：“你能不能专心开车?”

司机不高兴道：“哎，我说，你心情不好也别拿我撒气呀。”

千山回道：“我拿你出气干吗。你一边抽烟能集中精力开车吗?!”

司机瞅着他，使劲看了看，“哎，我怎么越看你越眼熟啊?”

千山发火了：“好好开你的车，你管我眼熟不眼熟?！前面红灯，你盯紧点，她左拐了。”

司机一看他真急了，把烟放下，“好好，听你的。”停顿了一下，司机说，“啊，我看出来了，你是郑千山，踢球的对吧?”

千山瞪了他一眼，“你认错人了。”

“没错啊，就是你，郑千山，你们那哥们儿陈东方不是刚刚出了车祸吗?”

“你给我闭嘴！你认错人了!!”千山吼起来。

司机吓得立刻不说话了。

千山一直追到了火车站。

小乔下了车。

千山也赶紧下车，他掏出一百块钱来扔下，拉开车门就冲了出去。

10

火车站人山人海。

小乔狠命地往前挤，生怕买不到票。

转眼队伍排了一长溜，小乔挤在中间，狼狈不堪的。

排了半天，终于轮到她，小乔把钱一递，“石家庄一张。”

千山悄悄排在另一个窗口，他也把钱递进去，“一张去石家庄的。”

小乔拿了票，径直走出了售票厅。

千山拿了票偷偷跟在后面。

正在此时，一个男人冲千山喊道：“哎，郑千山，你给我站住!”

这一喊，小乔和千山同时回头。

冤家路窄，狭路相逢。

小乔看见了千山，千山看到了刚才那个载他的出租司机。

小乔气得跑起来，以最快的速度奔向检票口。

千山刚要去追小乔，司机一下把他拦住：“哎，叫你呢，还想跑……”

千山只顾寻着小乔，无意跟司机说话。

司机拉了千山一把：“叫你呢，听见没有?!”

千山回过头来，“你要干吗？钱我放在后座了。”

司机掏出五十多块钱，“这是找你的车钱。下次打车别忘了看计价器，少跟我这儿装大爷！别以为是个球星就了不起，告诉你，我们出租车司机也有尊严，把你的小费收回去!”司机粗粗的大嗓门吸引了很多人的目光。

路人都在指指点点，小声议论：“是郑千山啊……是他……”

千山立刻脸红了，接过钱就要逃离人群。

小乔不见了，急得千山跑起来。

司机还在身后饶舌：“装什么装啊？我最讨厌别人拿几个小钱装大爷。一个破球星了不起啊，我开了十年出租车了，什么样的人没见过……”

挤上火车的时候，千山的脸还在发烧。

坐定下来，他才知道自己这一路有多失态。

深吸了一口气，定了定，千山开始四下张望，寻找小乔。

这节车厢人满为患，四下望去没有小乔的影子。

千山站起来，把座位干脆让给周边没座的人，自己往别的车厢找去。

小乔没想到千山还是跟来了，她坐在位子上，忐忑。

这件事她不允许任何人插手，更不想再见到千山。她已把千山认作了凶手，凭他做什么都是徒劳。

蜷缩在角落里，身子刚刚坐定，就看见千山跌跌撞撞地朝这边走来。小乔赶紧用围巾把头和脸包起来，只露出两只疲倦的眼睛。

“小乔。”千山却一眼认出她来，冲她走来。

小乔猛地一转身，背过脸去，一言不发。

“小乔，你没事吧？”千山在一旁手足无措。

小乔沉默着，装作陌生人。

“小乔……”千山怕她有事，一再唤她。

小乔猛地抬头，怒目而视，“你不觉得你的行为很无聊吗？”

千山看着她，“我是怕你出事，你一个人怎么照顾自己？”

小乔站起来，“不用你管，你离我远点儿。我根本不想看到你。”

小乔往厕所过道走去，周围的目光已令她浑身不自在。

千山跟在后面，“我没恶意，路上多一个人也好有个照应。”

小乔径直往前走，她把千山当成了路人。

千山并不恼，他慢慢走在小乔后面。

“我上厕所你也跟着，你无不无聊！”小乔回头一吼。

千山尴尬地立住。

从厕所出来，千山竟然还立在那里，小乔从他身旁穿过去，当他空气。

回到座位上，千山照例跟过来，一言不发地站在旁边。一个大男人完全失掉尊严。

小乔只盯着车窗外，脸上却热辣辣地疼。

临座的乘客都盯着他们这一对观看，好不热闹。

一小时后，千山还是那样站着。

小乔气呼呼地站起来，“你烦不烦啊，你站这儿干吗，坐你自己的位子上！”

千山不说话，从乘务员那里买了份报纸看起来。

“你不走是不是，好，你不走，我走！”

小乔霍地站起来，挤到两节车厢的交会处站着。

千山再次跟过来，“好，我走，你别站这儿了。只要你坐回去，我马上走。”

小乔瞪了千山一眼，看他一脸诚恳的样子，她心软了。

重新坐回位子上，脖子继续扭向窗外。

余光中，她看到千山离开了。

那个熟悉的高大背影终于消失在拥乱的车厢中。小乔长长地吁了一口气，她揉了揉微酸的脖子，总算可以把身体板过来了。

睡意就在这时悄然袭来。她太累了，几个晚上不能入睡。半明半灭间，她看着火车轰隆隆地驶过黢黑的隧道。黑暗中，她看到东方就在前面引路，小乔一路朝他追赶，追得好辛苦……

不知睡了多久，听到周边呼啦啦翻箱倒柜的声音，小乔才惊醒过来。

差点坐过站，慌得小乔拎起包，跌跌撞撞地跑出车厢。

刚走了一段，小乔下意识地回头一看，千山并没有跟在后面，她这才放心地快步走出车站……

到石家庄后，小乔就直奔人民医院。

找到二楼外科，小乔向一位医生模样的人打听，“请问邢医生在吗？”

那个男医生说：“邢医生出差了。”

“啊……”小乔慌了。

医生正欲走，小乔拦着他追问：“请问您知道有个病人叫吴思源吗？他是一位大学教授，两个半月前他在北京做过一个肾移植的手术，后来回到石家庄。噢，我是北京医院的李主任介绍来的……”

医生站住了，“吴思源？”他点点头，“我知道这个人，手术以后他在我们这里观察过一段时间的排斥反应。”

小乔欣喜地问：“那他现在还在这儿吗？”

医生说：“他已经出院了。在家里用药治疗，两个星期过来复查一次。”

小乔抓住一线希望，“那……您能告诉我他家里的地址吗？”

“这个，不方便说，你是他什么人？”医生投来怀疑的目光。

小乔立刻哀求道：“噢，我是他的一个朋友，专门从北京过来看他的，不知他手术后恢复得怎么样，好久没联系了，一直想来看看他，请您帮我这个忙吧。”

医生看她的样子，不像是有恶意。他叫住身边走过的一个护士，说：“小王，你给她查一下吴思源家里的地址，她是吴思源的朋友。”

那护士看了小乔一眼，说：“你跟我来吧。”

“谢谢啊！”小乔感激涕零，她又转头对医生说，“医生，谢谢您啊。”

没想到第一站如此顺利，小乔兴奋得一路小跑……

千山并没有走远，一路他都尾随在小乔的身后，没有半点疏忽。

为了小乔的安全，他要跟紧；要照顾小乔的情绪，他又不能现身。那是小乔的心愿，他要成全。

看到小乔从医院出来，再细看她的表情，千山知道第一站一定很顺利，只是这丫头一天都没吃东西了，他又不能现身过去提醒，心里干着急。

在街上游荡了一会儿，八点钟，小乔终于走进了一家面馆。

千山没有跟进去，他在街边买了几个包子，等小乔出来。

八点半，小乔吃完出来打了辆车。

千山不知她要去哪里，也打了一辆车在后面跟着。

车开了半个钟头，停在如家酒店门口。

千山终于松了一口气。

等小乔办完了入住手续，千山才悄悄走进去，也办了入住手续。

这一天，千山活像一个私家侦探。

为了小乔，别说扮私家侦探，扮人质，他也是肯的。

他只想赎罪，求一个原谅。

晚上，千山给张潜打了电话，拜托他两件事：一是帮他把瘫在路上的那辆破车收拾妥当；二是帮他请假，两星期的假。

第一件事张潜答应了，第二件事他不置可否，只说要听队里领导的意思。

张潜的态度令千山心里不安，可事已至此，他也只能先斩后奏了。

住在隔壁的小乔浑然不知，她以为摆脱了千山，心里的负担已卸了大半。

半躺在床上，想着明天要跟吴思源见面的场景，心里惴惴又期盼。

手机铃声忽地一响，小乔一看来电显示，美国长途。

“小乔，怎么不回我 **E-mail**？我担心你啊，我打到报社，说你休假了。”是惜云的声音。

“是啊，最近太累了，想好好休息一下。”小乔乏力地说。

“打你家里电话也没人接，你不在北京吧？”

“我在石家庄，办点事。”

“没什么大事吧？”惜云想探个究竟。

“没什么事，就是看个朋友，很快就回去了。”

“出来散散心也好，你情绪好点没？”

“好多了，惜云，你不用担心我，真的，我没事。”

惜云本想告诉小乔自己怀孕的事，可听小乔那样的心境和语气，话到嘴边又收口了。

“最近见到千山没有？”惜云话一出口变成了这一句。

“我不想见他，也不想提他，对不起，惜云，你其实可以直接打电话给他，不用通过我的。”

惜云听小乔这么说，语气一转，“小乔，我是想说其实这件事不能全怪千山的，你把责任都推到他身上是没有道理的，小乔，你想想，如果那天你也在车上，你会怎么想？”

“……惜云，我真不想提他，我很累，想休息了。”

惜云了解小乔的倔脾气，以前除了东方没有人能说服得了她。

“那好吧，你在外面当心点，回北京后跟我联系。”

放下电话，惜云心里竟有一丝莫名的畅快。

看样子，小乔与千山之间的疙瘩一时无法解开。误会一直僵持下去才叫畅快。谁让千山放弃了她，小乔不原谅他就是种报复。女人的自私不外乎于此。

报复这念头一出来，惜云也吓了一跳。惜云本是想劝和的，小乔的一根筋令她打消了这念头，最后竟想到报复上了，有点荒唐。

这样想着，惜云又是另一种心情了。

当初先提出分手的是她。可隐隐地，自始至终，她都有这样一种感觉：千山喜欢小乔。

从把小乔引荐给千山的第一天起，惜云心里就不安。这不安耗了三年，即使她现在嫁作他人妇，不安的感觉依然存在。

可千山不承认，小乔也不知情，惜云夹在中间算是个什么角色？她知道自己是自寻烦恼，可女人对这种事的预感向来准确。她不舒服。

越是这样想，她越想看到最后的结果。

千山说过她心眼多，她不认，她不是心眼多，她只是太在乎千山。女人太在乎一个男人，连身边的闺蜜都不放过。

“既然忘不掉他，为什么还要嫁到美国去？”小乔曾经问过她这一句，连她自己都答不出。

渴婚的女人，心乱如麻的时候只想迅速找个依靠，这个男人给不了你，另一个男人一定不能错过。

是不想再错过，女人的青春就那几年，不抓住机会，良辰美景会主动送来？

如果直白地说是为了钱，她自己都会看不起自己。

现在说什么也是多余，孩子都怀了。一切成定局。

得到了婚姻，却又不甘心地拼命要爱情。惜云知道自己贪心，欲望很难控制，她就是惦记千山，又不敢打电话过去，只好从小乔嘴里探听点什么。他们已闹得这么僵，其实什么也探不出。

人就是这么矛盾，一方面惜云不想小乔和千山走近；另一面，她又希望小乔能有千山的消息。

自作孽，活受罪。惜云心里碎碎念，胡思乱想着，一夜无眠。

小乔的心情只会比惜云更差。

以前遇到不愉快跟东方没头没脑地说一通，或者找来惜云一顿诉苦，气也就消了一半。如今连倾诉的欲望都失去了。

她辗转反侧，思虑重重。

情绪最坏的时候，倾诉解决不了任何问题。

想起曾经和惜云的一次聊天。

那天惜云跟千山吵了架，搬到小乔这里住，她们聊了一整晚。

惜云问她："你喜欢东方什么？不会就是外表帅吧。"

小乔答："当然不是，他不仅帅，也很会玩啊，跟他在一起永远有惊喜。"

惜云说："可你不觉得跟东方在一起很没有安全感吗？那么多女孩子喜欢他，你受得了吗？"

小乔说："那你喜欢千山什么？安全感吗？"

惜云沉吟着，说："跟千山在一起我觉得很踏实，什么都不用操心，他什么都能给你办好，真的，千山挺适合做老公的，又会做饭、收拾屋子，我这方面就不行，我们俩挺互补的。"

"可太有安全感了，我会觉得闷啊。两个人在一起太平淡了也不好，我就喜欢有点小冒险、小刺激，生活才有乐趣啊。"小乔说着微笑起来。

"你呀，要么千山说你长不大，还追求这些，我觉得东方只适合谈恋爱，你要真跟他结了婚，你得累死。"惜云说得一本正经的。

"瞧你说的，好像跟过来人似的，我妈还没这么说我呢。"

……

热恋时分，稍有空闲总要坐下来畅谈另一半，如今想来，凄凉又可笑。

那时谁又能预料惜云跟千山分了手，东方又去了另一个世界……

胸口又酸涩起来，东方走后，她几乎把一生的泪都流尽了……

11

第二天一大早，千山早饭不吃便来到酒店大厅等候。他戴了个墨镜，故意拿了份报纸护脸，仍扮演私家侦探。

果然不一会儿，小乔下来了，她穿了件鹅黄色风衣，气色好多了。

小乔打了辆车，私家侦探立即也打了一辆。

在一个住宅小区门口，小乔停了下来。

千山悄悄躲在后面，不露声色。

小乔手里握着张纸条，一边在向路人打听。

看到小乔走进了一个单元楼，千山立刻拦住刚才小乔问路的那个人，打听细节。

原来小乔要找的人叫吴思源。

千山在那个单元楼对面找了个隐蔽的地方藏好，从那个位置望过去，刚好能看到小乔出入。

电梯停在了六楼，小乔找到了602，她紧张地按门铃。

按了两下，无人应。

小乔问："请问是吴思源家吗？"

一会儿，一个中年女人开了门，“你找谁？”

“请问，吴思源老师是住在这儿吗？”

女人答：“是啊。”

小乔眉头一舒：“您是他爱人吧？”

女人点点头，表情却显得警觉。

“我想看看吴老师，可以吗？”小乔说得尽量客气。

中年女人仔细地上下打量小乔，“你是谁？”

小乔一时不知怎么回答。

女人道：“你是记者？”

小乔胡乱地点点头，“……是啊。”

“我们不想接受记者采访，请回吧。”女人脸色一沉。

她正欲关门，小乔冲上来，“请等一下，其实我不是记者，我是以朋友的身份想来看看吴老师的。”

“朋友身份？”女人疑惑地看着她，“你……不会是他的学生吧？”

小乔忙应道：“对啊，我是吴老师的学生，想过来看看他。”

女人突然变了脸，“你不会是姓楚的那个……”

“是啊，我是姓楚，您怎么知道的？”

小乔正纳罕，那女人却突然劈头盖脸扇过来一记耳光。

“啪”的一声，无比响亮。

小乔的面颊瞬间肿起来，她蓦地惊住，还来不及反应。

“你这狐狸精，学校把你开除了，你还有脸找上门来，不要脸的女人！”

小乔抚住脸，片刻才能思维，“阿姨，您误会了吧？”

“误会？姓楚的，我告诉你，别以为你年轻就可以不知廉耻，你有脸找上门来，我也不怕你！今天有我在你也别想见着老吴，口口声声吴老师，你要不要脸啊，你不正正经经找个男朋友打我们家老吴的主意，你还是不是人啊……当什么不好，当小三儿……”女人完全失态，面上青筋暴起。

小乔片刻不能言语，她搞不清楚是哪一出戏码安在了她身上？

大概声音吵闹，里面有人寻出来，“吵什么吵，你又发什么飙啊？”

是个五十岁左右的男人，脸色蜡黄，尽显疲态。

“你心疼了是不是？狐狸精找上门来了，你心花怒放了是不是……”女人终于转过脸去，开始与男人对骂。

小乔完全愣在门口，这是吴思源？

“你说什么呢？什么狐狸精啊，家里来个人你就骂，像什么话！”男人这才注意到小乔，他问，“你是哪位？”

“您好！您是吴思源老师吧？”小乔见他点点头，接着说，“刚才可能有点误会，是不是阿姨她认错人了……”

小乔还未说完，女人插话道：“别演戏了，都找上门来了还装不认识，蒙谁呢？”

“你到底是哪一位？”吴思源正色道。

小乔接着说：“是这样，我和吴老师之间有一个共同的朋友，我知道您刚做了肾移植手术，我特意从北京赶过来想看看您，我没有恶意的。您看我能不能进来说话？”

吴思源把门往后一拉，妻子立刻挡住，“还想进来，门儿都没有，给我滚出去！骚货！”她扬起手又要打。

小乔吓住，动弹不得。

吴思源一把按住妻子的手臂，“你闹够了没有？！”

“你今天要是让楚佳妮进门，我死给你看！”妻子吼道。

小乔立刻明白了，连忙解释，“阿姨，您误会了，我不是楚佳妮，我是姓楚，我叫楚小乔。”

“楚小乔？”妻子愣住，有些无措。

“进来说话吧。”吴思源埋怨地瞪了一眼妻子。

小乔说了句谢谢，怯生生地走进来。

“我好像并不认识你，你是我的学生？”吴思源上下打量小乔。

小乔尴尬地摇摇头，“刚才真不好意思，都怪我一开始时没有明说。吴老师，你可能不认识我，但我知道您，知道您做了这个手术，知道您移植了陈东方的……”

“你是？”吴思源忙问。

“我是陈东方的未婚妻。”

吴思源和妻子都愣住了，一时语塞。

吴妻呆呆地看着小乔，脸上一阵潮热。

小乔很勉强地冲他们笑了一下，“对不起，打扰了，我听说，东方的肾移植给了您……所以就想过来看看……”

吴妻马上反应过来，飞快地搬了把椅子放到小乔的身后，把她一下子按在椅子上，“快坐，快坐。你怎么不早说呢……刚才真是不好意思，我还以为是那个狐狸精，真是巧了，偏偏你也姓楚……真是不好意思，刚才我手重了吧。”

小乔被她突如其来的热情弄得很不自然。她抚了一下脸，笑笑，“没事，刚才是误会，现在弄清楚了就好。”

吴思源轻轻叹了口气，“原来你是陈东方的未婚妻。哎，我得了尿毒症，不移植的话，医生说活不过今年，幸亏有了陈东方的肾……”

吴妻脸上堆出笑，她很小心地挑着字眼儿，“是啊，幸亏有了东方的肾。其实我们正要向陈东方的家人表示感谢呢。移植的事情已经有一段时间了，我们也一直想表示表示……只是我先生他的身体还在康复中……还没来得及过去表示感谢……”

小乔说：“跟你们没关系的，是我一直想过来看看。我也是刚刚才打听到你们的地址。其实我很唐突，事先也没征得你们同意就……”

吴妻看了一眼吴思源，对小乔说：“哪儿的话，我们非常感激陈东方，他是我们家老吴的救命恩人哪。没有他捐献的一个肾给老吴，老吴也不可能有今天啊……”

小乔突然鼻子一酸，喉头被什么堵住了，说不出话。

见小乔不说话，吴妻开始嘟哝起来，“以前啊来过好多记者，我们家老吴移植了肾，好像连麻烦也移植了过来似的。老吴是福气好，移植了陈东方的肾。陈东方是有名的球星啊，那些记者就跟疯了一样，今天采访明天采访的，你说让病人还怎么休息啊？这跟我们有什么关系吗？说句不中听的话，这些当记者的，对名人就像蚊子见了血，叮住就不放了。早知道这样，我们不如要一个普通人的肾呢。平白招来一大帮记者，又不能帮我们解决什么实际问题。我都下岗两年了，也没有人管没有人问的。”

小乔默默地听着。

“所以你刚进来的时候，我以为又是记者呢。我对记者啊就没好印象。”

吴思源在她们说话的空当儿突然咳嗽起来。

吴妻赶快过来扶他，“快上床躺着吧。”

小乔也过来帮忙。

两人把吴思源扶到床上，小乔不安地问：“身体是不是还有排斥反应？”

“还好吧。”吴思源吃力地说，看样子恢复得并不好。

“让老吴躺会儿，咱们到外面说话吧。”

吴妻把小乔叫到另一间屋。

小乔刚一落座，吴妻便说：“你来的意思，不用说，我也能猜个七七八八。移植了陈东方的肾，按说我们也应该有所表示，可……老吴现在办了病退，所有的外快都没有了，我在一家工厂当出纳，下岗两年了，这两年为了给老吴治病……我们早就倾家荡产了……幸亏陈东方的肾是捐献的，又正好跟老吴的身体条件匹配，要不然……”吴妻抹起眼泪，“要不然我们真是死路一条了。”

小乔没说话，表情收敛住。

吴妻继续说：“现在的情况虽然稳定，可也说不好。医生说排斥反应在三年内都有可能发生，这都得看老吴的造化了。你刚才也看见了，老吴现在的状况并不好。”

小乔默默地听着。

吴妻盯着小乔，看她不说话，不得已引入正题，“我知道陈东方的器官是捐献的。现在这年头儿，像他这样的好人真是不多了。何况他还是那么有名的球星，真是高风亮节。我们是从心眼儿里感动……不过，我们确实是拿不出钱来了，说句不怕你笑话的话，现在我们就是出去借钱，都没有人愿意借给我们……十几万的外债呀，老吴就算是病好了，下半辈子能不能把还债的钱挣出来，还不一定呢……”她一下子想起了什么，语气急转，“对了，你和陈东方还没结婚吧？刚才你说你是他的……未婚妻？”

小乔点点头。

吴妻小心翼翼地问：“登记了？”

小乔摇摇头，缓缓地说：“……你是想看看我有没有资格来跟你要钱吧？”

吴妻有些尴尬地说：“我可没那么说啊……”她看着小乔，“那你这次来，是想……”

小乔平静地说：“我只是想过来看一看……”

说完这一句，鼻子又酸了。

吴妻看着小乔，“只是看一看？”

小乔突然从背包里掏出钱包来，把里面的钱全拿了出来，放到桌子上。

吴妻吓了一跳，“你这是干什么？”

小乔说：“这些钱你们留着用吧。我只带了这些，对不起，我这次来打搅你们了。”话落，她站起来欲往外走。

吴妻拿着钱追过去，“哎，姑娘你别走啊，你看你这是干什么……”

小乔走到门口，停下了。

吴妻拿着钱在后面叫：“哎，你等等……这钱我不能拿……”

小乔回身看着吴妻，哽咽地说：“这钱你收下吧，请你照顾好吴老师，还有他的肾……东方的肾……”

话还未完，“小乔！请留步！”吴思源挣扎着急走过来，他一手扶着墙，险些摔倒。

小乔和吴妻同时跑过去。吴妻说：“你看你，满头的汗，小心点儿。”

吴思源感激地看着小乔，“小乔，我都听见了，这钱我们不能收。”

“吴老师，您先回去躺好。”小乔急得也是一头额汗。

重新回到卧室，吴思源接着说：“小乔，你是个好孩子，东方有你这样的女朋友真是好福气。只可惜他……哎，偏偏我命好，得了东方的肾，你还特意大老远来看我……你再把自己的钱拿出来，你让我这当老师的怎么有脸啊……”

“吴老师，快别这么说。我就是想来看看您，想看您健健康康的，我才好放心回去啊。”

“小乔，你是个好姑娘啊。阿姨错怪你了，真是该死！”吴妻自责地捶打自己。

“阿姨，你快别这样。”

“哎……”吴思源一阵叹气，刚欲开口，又是一阵剧咳。

吴妻赶忙把水递上。

“你先躺会儿，我给你煮碗面吧。小乔，你坐这儿，陪我们老吴说说话。”她拉起小乔的手，“阿姨真是对不住你，原谅阿姨!”

小乔露出笑容，“东方已经不在了，他的肾有了新家，就在这里，我怎么可能把你们当外人呢?”

吴妻也笑了，“你们坐着，我这就煮面去。我们家老吴就爱吃面条，动了手术后也不能吃太多油腻的东西。你坐着啊，一会儿就好。”

小乔点点头。吴妻转过身，小乔才看到她的头发有几缕已经散开，毛衣的背后竟还有一个洞。

是个不修边幅的女人。

已近中午，千山在那个角落等了一个上午还不见小乔出来。他一直担心是自己眼皮疏忽，漏掉了什么。或者还有另外的出口?

千山看看吴思源家的窗户，一时无措。

“吴老师，您饿了吧？出了好多虚汗。”小乔坐到床边。

吴思源看了小乔一眼，“还不太饿。真不如死了，这么活着，真是没意思……”

“吴老师，您可别说这种话。好不容易找到了匹配的肾，移植手术又做得那么成功，为了东方的肾您也要……”

“小乔，刚才对不住你了。我那老婆人不坏，就是脾气不好，说话冲，心眼窄，有时也分不清是非……”

“吴老师，我不会介意的。”小乔努力地笑笑。

“哎，让你难堪了。一进门先打了你，还拿你的钱……哎……”

“吴老师，快别这么说，阿姨不是那种人，我看得出来。”

“是，人不坏，就是……哎，这女人若是个醋酝子就没办法……听到一点风吹草动就信以为真。”吴思源吃力地说着，一脸苦涩。

“我明白。”小乔沉吟一下，“其实阿姨很在意您，才会……”

“总得有个度吧。”吴思源无奈地说。

小乔一时不知怎么说下去。

“女人可以吃醋，但总要讲道理吧。不懂道理的女人最可怕。”吴思源加重了语气。

“吴老师，其实事情解释清楚了，就过去了。再不懂道理的女人也不会揪着一件事不放的。”

“闹到学校都把人逼得退学了，我这脸还往哪儿搁？这都是一年前的事了，还没完没了的。不知她要闹到什么时候?!”吴思源说到气头上又咳嗽起来。

吴妻端着面条进来，“怎么又咳了？来，面做好了，当心烫，慢慢吃。”放下碗，她问小乔，“小乔，我也给你盛一碗，你也吃点儿，都快十二点了，别嫌寒碜啊，阿姨做的面还是挺好吃的，是吧，老吴?”

吴思源点点头，换了另一种表情。

小乔微笑道：“我都闻着香味了，那我也不客气了，我去盛一碗。”

小乔刚要站起来，被吴妻按住，“唉，你是客，坐这儿，哪有让客人自己盛的，我来。”

吴妻笑着走进厨房。

小乔一笑，“您看，阿姨她人真的挺好的。”

“人不坏，家务里外都是一把好手，就是心眼小……哎，终究是没上过大学，见识总是浅点。”吴思源又叹气。

“吴老师，女人哪有不小心眼的，她越爱一个男人越小心眼，这是女人的通病。”

“那你给支点招儿，这病怎么治?”

小乔一笑，“其实很简单，您只要说三个字。”

“说什么?”

“我爱你啊。这三个字一说，女人听了都没脾气了。”

“我爱你?”一听这话吴思源笑起来。

“笑什么呢？赶快吃面，一会儿黏糊了就不好吃了。”吴妻端着两碗面走进来，笑脸盈盈的。

小乔忙接过来，“我刚才听到吴老师说‘我爱你’了，阿姨，这可是说给你听的噢。”

“什么爱不爱，他有时候就会开玩笑，年纪一大把了还开这种玩笑。”吴妻走上前给丈夫脖子上系了一条毛巾，“来围上，别弄到身上。”

小乔看着吴思源，他们眼神一碰，都笑了……

下午吴妻安顿好丈夫睡下，就把小乔拉到另一间房里说话。

吴妻叹了口气，“小乔，真对不住，你看我……不分青红皂白就打了你一巴掌，还误会你……我真是……”

“阿姨，你快别说了，你都说过好几遍了。”小乔微笑着坐到吴妻旁边，“其实这里面的误会不是我，是楚佳妮。那个女孩真的跟吴老师没有关系的。”

“这事你怎么会了解？我是太清楚了。这女孩可了不得，整天给我们家老吴写情书，还怕我偷看故意写英文信。你还别以为我胡说，我可是有真凭实据的。”说着她从抽屉里掏出一封信，“正好你在这儿，我也不瞒你，你看看。”

小乔接过一看就笑了，“这哪是情书啊，这是一封推荐信。”

“我们老吴又不是教英文的，她干吗写英文信给他?”

“这女孩肯定是想出国，所以找吴老师写了推荐信。”小乔解释。

“那干吗偏偏找老吴？”

“阿姨，这就是你多心了，肯定吴老师比较受学生欢迎，所以学生都爱找他。”

“问题是这女孩几次跟老吴在校园里都被人撞见了，她自己觉得没脸就退学了，好好的，她为什么退学，那是心虚！她要是不退学，学校也得把她开除。”吴妻愤愤地说。

“阿姨，吴老师真不是那种人，再说这些事你亲眼看见了吗？别人传的话哪能信啊？搞是非的人才爱传话。”

“我们老吴是老实、可架不住现在的女孩不要脸啊，直接往男人身上扑。现在这社会什么都有可能发生。老吴以前是对我挺好的，我比他学历低，又是农村出来的，其实我知道配不上老吴，可我对他好啊，自从他当上什么教授之后人就变了，成天在学校待着，半夜里才回来，他要不是有外心，他在学校待着干吗？”

“那肯定有课，或是给学生辅导啊。”小乔忙说。

“辅什么导啊？还不是看上那学生了。学校组织活动他从不带我去，这算什么，这就是嫌弃……”

“阿姨，真不是这样。刚才吴老师还跟我说，说你人很好，干家务里外都是一把手，他一直在夸你啊。”

“是吗？他真这么说？”

“当然。我看得出吴老师对你感情挺深的，男人都爱把一些话放在心里，只是不表达出来而已。”

吴妻低下头，默默地在心里琢磨。

“阿姨，吴老师这病真经不起折腾了，正常人要是总吵架对身体也不好，更何况他这病随时有生命危险。你知道刚才吴老师悄悄跟我说什么？他说还真不如死了，这么活，没意思。他都说出这种话了，你还跟他计较什么？”

吴妻不说话了，表情凝重。

她温顺的样子跟刚才抡起巴掌的时候完全两个人。

小乔接着说："阿姨，吴老师已经是个换肾病人了，他需要关怀，需要爱。你忍心让他活在痛苦中吗？东方的肾就在吴老师的身体里，这是两个人的身体，你忍心让他们两个人都痛苦吗？"小乔说着激动起来，泪盈于睫。

"小乔，都是我的错，我太傻了，一直在把老吴往死路上推我还不自知啊……"吴妻小声哭起来。

小乔扶住她的肩膀，两个人相拥而泣。

小乔再次把钱塞到吴妻手里，"阿姨，这钱你一定要收下，不要跟吴老师说，这是咱俩之间的秘密。好不好？"

"小乔，我谢你还来不及呢，再拿你的钱，我成什么人了……"吴妻泪眼婆娑。

"阿姨，你就拿着吧，你不收，我没法安心地回去，真的……"泪不由自主地掉下来，小乔心里百感交集。

吴妻紧攥着小乔的手，"你这丫头让我怎么谢你……阿姨心里不安啊……"

两个女人一哭要好久才能停住。

相遇总是千奇百怪，分别的场面却是清一色伤感。

小乔走进卧室，跟吴家告别时，发现吴思源正在偷偷抹眼泪，不用说，他一下午未睡。

眼睛充满泪水的时候还能微笑出来，这样的分别已是圆满。

把拥抱送过去，眼泪收起来，再笑得灿烂一点，不用多话也再没有遗憾。

看到最后吴妻倚在丈夫怀里哭，她终于可以放心地走了。

还有比这更美的一幕吗？

小乔心里悄悄生出一线光，她看到东方了。

这样美的一幕没有人肯错过。

留恋那一刻的温馨，连落在楼道里的眼泪都是滚烫的。

从吴思源家走出来，外面已下起了淅沥沥的小雨，小乔脸上分不清是雨水还是泪水。走了几步，她忽地蹲下去，抱住自己的双膝，抽噎般地哭起来。

突然就没有力气了，眼泪似铅，流得太多，已把身体沉重地缠住，动弹不得。

这一切，千山看在眼里。

他不由分说地冲了过去。冰冷的雨，刺骨地寒，他脱下外套，撑在小乔的头上挡雨。

小乔一抬头，是千山那张焦急的布满胡碴的脸。

她猛地站起来，挣脱开千山的臂弯，疯一般地跑。

这一次，她不想让千山看到她的脆弱和狼狈。

千山狠命追过去，一句话不说，只把衣服盖在小乔的身上。

小乔不说话，雨打在她脸上，冲刷了大把的眼泪。她抹了一把脸，使劲儿把身子一抖，衣服抖落到地上。

千山默默地把衣服捡起来，再次盖在小乔身上。之后，他立刻消失。他知道小乔不想看到他。他只是想让小乔暖和些，仅此而已。

看着千山离去的身影，小乔再次蹲下来，她抱着千山的衣服，哭得撕心裂肺……

晚上回到酒店，小乔已冻得浑身冰冷。冲到浴室，打开莲蓬，把水温调到最烫，不停地冲洗背脊。

她担心感冒。这个时候无论如何都不能生病。

石家庄是她的第一站，她不能第一站就倒下。

她用滚烫的水使劲冲后背，冲到全身发红。洗完澡又灌了两大杯开水。

躺到床上的时候，身体舒服多了。

她看着挂在门口的那件湿漉漉的黑色大衣，像个打蔫的病人。

她用吹风机把大衣吹干，费了好大的劲。衣服又大又沉，对小乔来说像个斗篷。她再次披上它，样子很滑稽。

这是千山的大衣，比东方的还要大半号。

小乔把衣服脱下来，一张卡片从口袋里掉出来。她拾起来一看，竟然是如家酒店的房卡。看了一下房间号，竟然就在隔壁。

小乔把房卡重新放进大衣口袋里，挂到门后，长久地凝视。

衣服里藏着千山的脸，那张脸写满沮丧、忏悔、委屈。小乔怔怔地看着，一切她都看得到——他的不辞辛苦，他的竭尽全力，他的无奈和诚意……

酝酿许久，却仍不肯原谅。

东方活不过来，如何原谅?!

一个月前，他们还有说有笑，谈天说地，此刻已是仇人。

朋友的情谊原来这般不堪一击。只要一件事便可毁掉一切。

如果没有那场车祸，此刻该是欢聚。何苦把朋友当仇人，何苦一个人跑到这个鬼地方，何苦?

小乔跌坐到床上。

泪又汹涌而来，翻天覆地。

12

一大早，千山照例扮好私家侦探，他戴着墨镜，报纸挡在面上，在大厅耐心地等。

从七点多等到八点多，却不见小乔的踪影。

又过了半小时，仍没有线索。

千山有点坐不住了，到前台一打听，原来小乔早上七点就退房了。

千山慌了，忙办了退房手续。刚要走，前台小姐叫住了他：

“对了，郑先生，楚小乔小姐给您留了一样东西，请您签收一下。”

千山一惊，打开一看，是他的那件大衣。

原来她知道一切。

抓起衣服，千山就跑到街上打了一辆车，追小乔。

可司机问他去哪里，他就没了主意。

小乔下一站又会是哪儿？

想了想，他说了句：“火车站。”

赶到火车站的时候，千山一脸茫然，人山人海的车站，哪有小乔的影子？

他挨个售票处搜寻，微凉的天气，却已满头额汗。

就在一个窗口，他看到有个背影很像小乔的女孩正和一个陌生男人说话。

“先生，不好意思，我是《生活周报》体育版的记者，刚才钱包被人偷了，我赶着要去采访，能不能先借我点钱，听你刚才说话的口音像是北京人，我也是北京的，我到北京后一定还你，你看这是我的记者证。”

那男人不屑地说：“什么记者，这年头骗子多了，你看我像大款好骗吧？”

“我真不是骗子，请你相信我。”

男人眼睛乱瞟，“没凭没据的拿什么相信？”

“我有身份证啊，给你看……”

“身份证造假太容易了，我看你不如明说吧，想要钱是吧，多少钱一晚上？”

男人色迷迷地走过去，女孩正举手无措时，千山一个箭步把男人的手按住了。

一场风波化险为夷。

小乔惊恐地看着千山，欲哭无泪。

千山把小乔拉到一边，“你这是干什么?！你不知道刚才多危险！”

小乔靠在墙角低着头，不说话。脸上红一块白一块的。

“怎么，钱包被偷了？”千山问。

小乔仍不说话，把脸侧过去躲开千山的视钱，别提有多窘。

千山也不问了，靠在墙角点了根烟。

空气几乎凝固了，两个人对峙着，各怀心事。

过了好一会儿，小乔开口了，“有钱吗？”

千山看着她，“你想去哪儿？”

小乔说：“你把钱借我就行了。”

千山又重复了一句，“你想去哪儿？”

小乔瞪着他，片刻才说：“南京。”

千山把烟拧灭，“你在这儿等着，我马上过来。”

说完他径直朝售票口走去。

小乔怔怔地望着他的背影，心里一震。

她记得这句话。

有一次在酒吧里，东方喝多了，小乔不知怎么把他弄回去，只好给千山打电话。千山立刻赶来了，他冲小乔说：“我把车开过来。你在这儿等着，我马上过来。”

那口气像足了小乔的大哥。

"你在这儿等着，我马上过来。"这话多好，让人觉得踏实。

这就是惜云说的安全感吧。小乔在东方身上体验不到的，就是这种安全感。

看着千山慢慢走来的身影，小乔才真切地体会出"安全感"的深意。

火车再一次启程了。

这是小乔第二个目的地——南京。

这一次完全是别样的心情。

卧铺车厢里，小乔坐在下铺靠窗的角落，千山在旁边的隔间的下铺。两人安全地隔着一段距离，不远不近的，他们之间恰好的距离。

火车开动后，千山就没有再过来。他知趣。

小乔略微有点坐立不安，犹豫了好一阵，她站了起来。

她朝千山的那边走去，正巧千山也来了。他手里拎着那件大衣，"睡觉时你盖上吧，估计晚上会冷。"

小乔也不客气，接过衣服就走。

刚走几步，千山又把她叫住，"你过来是找我？"

小乔停顿了一下，不流畅地说："不是，我是想去洗个手。"

小乔扯了谎。她本想问千山车票多少钱，最后再补一句感谢。可话到嘴边说不出来。

和衣躺下，火车的噪声叫人头皮发麻。

小乔刚迷瞪了一会儿，又醒了。隔壁千山一个劲地打喷嚏，那声音吓人。

小乔坐起来，想了想，找出一包纸巾。

走到千山床边，她生硬地把纸巾递过去。

"把你吵醒了吧。"千山接过纸巾不好意思地说。

“怎么，感冒了?”小乔面上毫无表情。

千山又打了个喷嚏，他边用纸巾擦鼻子，边说：“可能有点着凉，没事，我扛冻。”还未说完，又是一个喷嚏。

千山冲小乔笑笑，“不好意思啊，吵到你了。”

小乔沉吟了一下，把自己身上的大衣甩给千山。

千山推托，又把衣服盖回到小乔身上。

“我真不用，我身体好，你披着吧。”

小乔横了他一眼说：“没有用的，我还是会恨你。”

千山说：“恨吧。如果你想恨得狠一点长一点都没关系，你就是不能生病，后面的事还多着呢。”

小乔转身走了，她想恨千山狠一点，再长一点，仿佛这样就能减轻对东方的思念。

已恨了好一阵子了，思念却从未减少。

越是这样，越要恨。

没有别的办法，眼泪和恨都不可避免。女人天生就是小心眼。

重新躺下，小乔慢慢地闭上了眼睛。

失去的东西梦里才会有。女人不是天生爱做梦，是失去了最宝贵的东西以后。

东方从朦胧中走过来，那招牌的微笑又来了，百看不厌。

13

到达南京的时候，又赶上下雨。

南方的雨阴冷刺骨。小乔抱着双臂，瑟瑟发抖。

千山在后面不断打喷嚏，眼泪、鼻涕一大把。

小乔看了他一眼，没做声。

打了一辆出租车，小乔坐前面，千山坐后面。他们一前一后，一言不发。

路过一家药店，小乔忽然叫司机停车。

千山以为到了目的地，赶紧掏钱包付账。

小乔看了他一眼，说："还没到站，你快下去买点感冒药，我可不想被你传染。"

千山看了看药店，傻笑了一下，下了车。

刚下车，他又回头说："我一下车，你不会马上开车走了吧？"

小乔笑笑，"你放心，我身上没钱。"

千山这才放心地去了药店。

从药店出来，千山四下一望，立刻傻了，小乔真的不见了。

千山泄气地握拳狠狠打了一下自己。

"干吗这么自虐。"小乔的声音忽然从身后传来。

千山吓了一跳，"你……我以为你又跑了。"

"跑什么跑，就住这边了，刚才我看了看旁边这家宾馆，条件还不错，价格也便宜，就住这儿吧。"

千山笑了笑，拿起行李跟着小乔走进了宾馆。

看着小乔纤瘦倔强的背影，他脸上一半无奈，一半笑意。关系总算有了一点缓和，即使受点皮肉之苦都是值得的。

天气很凉却很舒服，千山吸了一口气，心里畅快。

小乔第二个要找的人叫赵玉蝶。

从医院打听到她的住址后，小乔和千山马上赶去那个偏僻的小区。

这是一个破旧的住宅小区，院里杂七杂八的，什么人都有。

找到了五号楼二单元，小乔刚要进去，就看见单元门口挤满了人。

小乔努力扒开一条缝隙，看见一个女人把自己锁在屋里，大门开着一点缝儿，里面用门链系着。

女人的声音从里面传来，“……我最后再说一次，把方程叫来，我要见方程！”

千山挤进来，问一旁看热闹的人：“发生什么事了？”

那人答：“让男人甩了，要寻死呢。”

突然，这女人抓着一把药片出现在门口，大叫着：“你们看着，这是50片安眠药，我把它全吃了。”她说完就把药片倒进嘴里，又大口大口地喝了一杯水。

邻居们一下子乱套了。

一个大妈对着门口说：“玉蝶，你这是干什么？为了一个男人值得吗？”

赵玉蝶冷冷地瞥了她一眼，“如果过十分钟方程不到，我就再吃一百片！”说完狠狠地把门撞上了。

另一个邻居围上来说：“玉蝶，玉蝶……你先开开门，有话好商量么……”

小乔从人群中挤到门口，不置信地问：“她就是赵玉蝶？”

一位戴眼镜的老人说：“可不就是她嘛。”

千山看了小乔一眼。他们俩眼神焦急地一碰，都不知如何是好。

“你们不是这个小区的吧，住这小区的人没有不认识她的。”一个中年女人说。

“她可是有名的人物，我们这个楼里的人都快被她折腾死了，整天喊着要寻死。”大家七嘴八舌地议论开。

“你说她身体不好就别折腾了，得了肾病，好不容易换了一个肾，还要寻死，我看她脑子坏掉了。”

“可不吗，她哪像个病人，被男人甩了就疯了。现在不是肾病是精神病了。”

“她这脾气可没人受得了她，怪不得方程会甩她，这种疯女人谁敢要啊。”

“我住她对门最惨喽，天天听她跟方程吵架，就没安宁过。”

“哎，她也怪可怜的，一个人，父母也不在了，三十好几了，又让男人甩了，她能不疯吗！”

……

“大家先别说风凉话了，先救人要紧！”千山打断了众人的议论。

大家一愣，看了一眼千山，又把目光统一到赵玉蝶门口，开始不断地敲门，“玉蝶，你开开门啊，赵玉蝶……”

屋里没有任何反应。

小乔突然拨开人群，冲过去，拍了拍门，连连喊道：“赵玉蝶，赵玉蝶，……赵玉蝶！”叫得一声比一声响。

仍没有人应声。

小乔厉声道：“赵玉蝶，如果你再不开门，我三分钟内就把门砸开！”

所有人都吁了一声。

过了一会儿，门慢慢地打开，仍是只露出一条缝儿，赵玉蝶出现在小乔面前，她的头发很乱，面容憔悴，神情又有些恍惚。仔细看她的五官，不难看，可猛一看，还以为是个四十岁的女人。

赵玉蝶从门缝儿里上下打量着小乔，“你是谁啊？我不认识你。”

小乔平静地说：“我是陈东方的未婚妻。”

赵玉蝶立刻愣了一下，“陈东方……未婚妻？”随即她又笑了，“原来是你呀？”她拍了拍自己的腹部，“你男朋友的腰子在我这儿呢。你来得正好，一会儿我死了，你让医生给我做手术，把那个腰子拿出去，别人的东西我不要!”

“你……”小乔气得一时说不出话来。

众人围着小乔，议论纷纷。

千山转身四处找起东西来，无论如何他都要把门砸开。

赵玉蝶瞥了一眼门口的人，又回到屋里，不一会儿，她一手拿着药瓶，一手端着杯水走到门口，“这回我要吃一百片，以后警察问你们时，你们要跟警察讲清楚，是方程害死我的。你们可要记好了。”

这时千山从楼上拎着一个灭火器跑下来。

他把小乔推到一边，冲赵玉蝶喊道：“赵玉蝶，你快把门打开!”

赵玉蝶看了一眼千山，不屑道：“你又是哪棵葱?”

话音刚落，千山举起灭火器朝门砸去，赵玉蝶尖叫了一声，手里的杯子和药片全摔到地上。

千山用力地砸着门链，几下就把门砸开了。

他冲进屋里，抓住赵玉蝶，把她拦腰抱起来。

赵玉蝶努力挣扎着，腿脚不停地乱踢，“放开我……你们要干什么……我要见方程……”

小乔赶忙抱住赵玉蝶的脚，和千山一起冲出门来。

千山忙问戴眼镜的大爷，“请问离这儿最近的医院在哪儿?”

老人答：“市医院的分院就在旁边，我带你们去。”

一群人立即乌泱着冲散开。

千山抱着赵玉蝶走在队伍的最前面，小乔跟在旁边，一队人浩浩荡荡地往医院的方向赶去。

14

急诊室里不断传来赵玉蝶呕吐的声音，中间还夹杂着她尖厉的叫声，“我不用你们管……呃……反正……呃……我也不想活了……”

小乔和千山，还有两个邻居等在门外。

听着那一声声吼叫，小乔眉头紧锁。

“赵玉蝶为什么会这样？”小乔问邻居。

戴眼镜的大爷说：“都是因为方程。……其实方程对她不错，她有病，是肾病。方程出钱给她治，花了好几十万呢。她出院以后，两个人见天儿吵架，大半夜了还摔东西，全楼的人都让他们折腾得够戗，最后方程走了。她就跟疯了似的，没完没了地闹，天天哭着要寻死，弄得我们这些邻居都快受不了了！”

千山问：“方程是她老公吗？”

大爷说：“谁知道离没离，我估计是离了，不然他搬走后还真没再回来。”

小乔问：“他们没孩子吗？”

大爷说：“幸好没孩子，不然这孩子怎么办啊？”

……

众人都安静下来，一时都不知说什么好。

急诊室里的声音渐渐平息了，一会儿，医生走出来说：“赵玉蝶脱离危险了。”

众人立刻松了一口气。

小乔和千山一同推开了房门。

赵玉蝶安静地躺在床上，胳膊上打着点滴。

小乔和千山默默地走到她床前，不露声色地看着她。

千山突然一转身，冷不丁儿打了个喷嚏。

护士看了他一眼，“感冒了？”

千山紧张地笑笑，“没事儿，没感冒，应该不会传染到病人的。”

护士在他额头上摸了一下，“哟，挺烫的呢。你还是跟我去查查吧。”

千山看了小乔一眼，对护士满脸堆笑地说：“我真的没事儿。谢谢你。”

护士说：“怎么了？是不是不放心你女朋友一人留这儿？你放心，病人已经睡了，应该没有危险了。”

千山尴尬地说：“不是，不是……你误会了……”

护士说：“那你就跟我来吧。”

小乔看了千山一眼，给他一个眼神，“去吧。”

千山这才说：“那我……去了？”

小乔没吭声，她转过身来看着赵玉蝶。

千山这才跟护士走了。

赵玉蝶昏睡着，脸上堆满痛苦的表情，小乔看着心里一凛。

何苦为个男人这么糟蹋自己？

东方连命都没有了，你用了东方的一个肾却不好好活？你对得起东方，对得起你自己吗?!

小乔越想越恨。可再一想，赵玉蝶为一个男人命都不要了，那劲头又跟自己如出一辙。

哎，男人，男人，都是为了男人……

胡思乱想着，小乔看了看表已经傍晚六点钟了。千山去了半天还不见回来，她走出病房寻了过去。

刚走出急诊室，就看见楼道拐角处千山正用手举着输液瓶站在那里。

“你站这儿干吗？”小乔怪他。

“我……我怕吵着赵玉蝶。”

千山羞赧的表情令小乔又不忍责怪。

“那你也不能站这儿啊，这护士也太不负责了，至少安排一个地方让你坐着啊。”

听了这话，千山心里一暖。

有了这句话，再站几个钟头都是甘愿的。

“站着挺好，输液更快点。”千山笑笑。

“你看，感冒了吧，抵抗力那么差，还是运动员……”小乔刚责怪了他几句，可一想这一路她是披着千山的大衣过来的，立刻又不好意思往下说了，最后说了句，“走吧，到屋里坐着吧，赵玉蝶还没醒，正好等等她。”

小乔扶着千山慢慢向病房走去。

这举动，更令千山喜不自胜，可又要强制自己压抑住那点点小兴奋。他知道小乔还未原谅他，连喜悦都要小心翼翼地掩饰。

“慢点走，又没人催你。”小乔小心地扶着他，边走边说。

千山窝心地一笑。

小乔手指的温度隔着毛衣直直地穿透进他的心里，那一刻，仿佛时空错乱，一颗心几乎要惊喜地跃出胸膛。

慢慢推开病房的门，小乔发现赵玉蝶醒了。

快步走到床边，小乔轻声问：“你醒了，感觉怎么样？”

赵玉蝶偏头看着小乔，又看了一眼旁边挂着吊瓶的千山，脸上一股怒气。

小乔见她不说话，又将声音压低了些，“是不是没有力气？那你多休息一会儿吧。”

屋子里沉默了好一阵。小乔和千山大眼瞪小眼，不敢做声，生怕赵玉蝶又发作起来。

片刻，赵玉蝶的神智渐渐清醒了，她朝病房里环视了一下，忽然说：“你们怎么还赖在这儿！谁要你们多管闲事儿的！为什么不让我去死?!”

小乔看她那样子，也失掉了刚才的耐性，没好气地说：“你以为我们愿意管你啊?”

“是啊，我本来就不用你们管。最烦那种多管闲事的人!”说着赵玉蝶伸手就要拔掉输液针头。

小乔和千山立刻一个箭步冲上去按住了她的手。

赵玉蝶大喊：“你们放手!”

“赵玉蝶，我们好心把你救下来，请你尊重别人，也尊重你自己!”千山忍不住厉声道。

“尊重个屁，你们是谁啊，我根本不认识你们，谁要你们管?都给我出去!”赵玉蝶情绪激动起来。

小乔一看这场面，给千山使了个眼色，示意他出去。

千山只好忍住情绪，走出病房。

这时，赵玉蝶冲小乔说：“你也给我出去，我不用你管!”说着还要拔胳膊上的输液针头。

小乔死命地压着她的双臂，不让她动：“赵玉蝶，你冷静一下!”

“你他妈放手啊，我不用你管——”

一听这话，小乔突然神情一凛，咬着牙说：“我是不想管你，但我不能让你死。”

赵玉蝶挣扎了几下，扭不过小乔的手臂，她抬头看着小乔，有些邪气地笑了，“为什么不让我死？为了你男朋友的腰子?”

小乔凑近赵玉蝶的脸，屏着气，瞪着她一字一句地说：“你敢再说一句腰子试试？”

赵玉蝶笑了，“哟，真没想到，你还是个痴情种呢。”她朝天花板上看了一眼，忽地又敛住了笑，“我就没有陈东方好命，如果我死了，方程肯定不会这么对我的。”

小乔犹豫了一下，问：“你寻死寻活的都是为了方程，他是你老公？”

“男朋友。”她又笑了笑，嘲讽地说，“应该说，是前任男朋友。”

小乔小心地问：“你们没结婚？”

赵玉蝶的表情慢慢变得凄楚了，眼泪顺着眼角淌下来，“……他抛弃了我。”

小乔想替她擦眼泪，刚要抬手，这才发觉自己还压在她身上。她连忙从赵玉蝶身上起来，换了个位置坐下：“为什么？”

赵玉蝶瞪着小乔，突然发作起来，“就因为我移植了你男朋友的腰子！就是因为他的腰子……”

赵玉蝶还未说完，小乔几乎是下意识地，霍地抬起手，在赵玉蝶的脸上打了一巴掌。

响亮的耳光让两个人同时怔住了。

赵玉蝶吓了一跳，摸了摸自己的面颊，吃惊地看着小乔。

小乔面孔涨红了，生平第一次对别人动手，连她自己都意外。

沉默了一会儿，小乔厉色道：“我警告过你的。”

赵玉蝶不怒反笑了，“你很爱他，是不是？”

小乔欲言又止。

赵玉蝶自言自语似的回答：“你当然爱他了。要不然，也不会这么老远地跑来了。”

小乔低下了头，刚才的锐气都没有了。

赵玉蝶又问："他也爱你吗？"

小乔脱口而出："当然。"

"是吗？那就好。"赵玉蝶叹了口气，说，"其实现在这样也挺好。如果他还活着，也许还会变心呢。"

小乔刚刚缓和的表情又绷了起来，"你伤害别人的时候，是不是很有快感？"

赵玉蝶笑了，"我伤害自己的时候，也很有快感。"

"怪不得方程会抛弃你……"小乔喃喃地说。

赵玉蝶仍然不怒，依旧带着笑说："是，像我这种女人活该被男人抛弃。"

小乔换了个坐姿，她对赵玉蝶有些无可奈何。

赵玉蝶边聊着，对小乔的抵触情绪也渐渐散开，她忽然转了话题，"陈东方是车祸死的，对不对？"

小乔看着她说："你明知故问吧？"

"他很幸运。"赵玉蝶冲小乔骇笑，"你不要把眼睛瞪得那么大，我没恶意诋毁你男朋友。其实我真的很羡慕他，尤其是现在。你不知道每天等死是什么滋味。有好几个月的时间，我什么都干不了，只能等死，直到有了陈东方的腰……"赵玉蝶瞥了一眼小乔，立刻改口道，"不，我错了，是肾，有了你男朋友的肾，我才有了转机。手术完之后我很害怕，怕有排斥反应，怕旧病未除又添了新的。报纸上总有报道说输血输出了艾滋病，还有乙肝甲肝丙肝什么乱七八糟的病。给我输血的人多得我自己都记不得了，谁知道他们的血里有没有什么毛病啊，我都不知道我的身体里现在流的是什么东西？我的命够苦的了，为什么倒霉事都让我碰上了？为什么?!"赵玉蝶激动起来，用力捶着床，胸口剧烈地起伏着。

小乔按住了她输液的胳膊。

千山听到门里的动静，立刻探进头来。

小乔用手指按住嘴唇，示意他噤声。

赵玉蝶自顾自地说下去："原来我很想活，你不知道手术之后我对陈东方有多感激，虽然我不认识他，但他却救了我的命，而且还是无偿捐献给我。我多想好好地活着，和方程一起，白头到老。我妈很早就去世了，只有一个爸爸，他跟别的女人结婚了，他不认我，我也不认他。只要有方程，我谁都可以不在乎的。可方程也把我甩了，你说，我还活个什么劲儿?！我宁愿死，像陈东方那样，痛痛快快地死了。没准儿那样，方程反而会想着我，念着我，没准儿还能像你一样傻乎乎地去找我。这不很好吗？"

小乔呆呆地看着半躺着的赵玉蝶，说不出话来。

"方程为什么要抛弃你？"千山的声音突然从小乔身后传来，他忍不住走了进来。

小乔扭头看了他一眼，又转向赵玉蝶。

赵玉蝶冷笑了一声，"哼，当然是有了别的女人。"

千山追问："怎么才能找到他？"

"找他？为什么？"赵玉蝶神色一变。

千山笃定地说："为了你。"

"为了我？"赵玉蝶一惊。

这话让小乔也一惊，她深深地看了一眼千山，有种说不出的感觉。

千山重复道："为了你好好活下去！"

赵玉蝶马上来了精神，她把目光牢牢地锁在千山身上，恳切地问："你真的能把他找回来？"

千山说："放心吧，我就是绑架，也要把他弄来！"

这话一落，两个女人的眼里都溢出一股暖意，尤其是赵玉蝶，泪眼婆娑的，一个劲地向千山表露谢意，跟刚才那凶悍的模样判若两人。

15

从医院回来，千山和小乔就开始打听方程的下落。

听赵玉蝶说方程是一家公司的销售经理，可他们赶到那家公司，才知道方程一个月前就辞职了。

打他手机已停机，座机无人接听。

正不知如何是好的时候，方程的一个男同事凑过来，对千山和小乔说："你们不会是赵玉蝶派来的吧？"

小乔和千山一愣，一时语塞。

"不，不是，我们是想找方程谈点合作的事，是公事。谁是赵玉蝶啊？"小乔马上撒了个谎。

"是个疯女人，方程以前的女朋友，有一阵总到公司来闹，逼得他辞职了。"

"是吗？"千山也装傻应了一句。

"那你知道方程现在在哪儿吗？"小乔追问，看得出此人和方程有点私交。

"你们找他真是公事？"男同事问。

"是，是一件很重要的事，这个项目很大，我们只能跟方程本人谈，而且事情紧急，我们想马上找到他。你也知道生意的事，错过时机可就没了。"千山表情严肃地说。

那男人看了看他们两人，说："我这儿有他新手机的号码，那你们跟他联系吧。"

千山和小乔紧绷的表情立刻缓下来，感激地把电话记下来，连连道谢。

终于跟方程联系上了，千山和小乔假借生意合作的事约方程出来见面。

一见面，千山和小乔都有些意外。

听赵玉蝶嘴里描述的，方程是个潇洒帅气、风度翩翩的男人，可眼前的方程，皮肤黝黑，身材不高，略大的啤酒肚直挺挺的，年纪看上去快有四五十的样子了。

三人一落座，小乔开门见山地说："我们找你是为了赵玉蝶。"

一听这话，方程霍地站起来，立刻扭头要走。

千山一个箭步按住了方程，"能不能请你坐下来听我们说完。"

方程眉头一皱，"我很忙，没有时间。"

"既然都出来了，也不妨听我们把话说完，耽误不了你多少时间。"小乔心平气和道。

方程索性坐下了，"好，那我听听她又有什么新花样。她还真有本事啊，还能雇人来跟我谈判，她给了你们多少钱?"

"我们不是她雇的，我们是诚心诚意过来跟你商量，能不能请你去看看赵玉蝶。"小乔认真地说。

"太好笑了，我们早就分手了，我为什么要去见她？你们没搞清楚状况吧。你们到底是赵玉蝶什么人?"方程没好气道。

"我们是赵玉蝶的朋友，她昨天在家自杀，现在还在医院，请你去看看她。"小乔一字一顿地说。

方程一笑，"自杀？她还能有什么招儿，一哭二闹三上吊，简直太可笑了。"

千山厉声道："她为你吃了安眠药自杀，你完全不在乎吗?!"

"吃安眠药？我怎么知道她真吃假吃，她已经在我面前说了无数次要吃安眠药了，她就是想变着法子折腾我。"

"这次是真的，我们赶去她家的时候，她当着所有人的面吃了一把安眠药，她只说要见你。”小乔说。

方程还是那种似笑非笑的表情：“她要真想死还会当着大家的面吃药吗？这已经不是第一次了，我怎么还没见她死啊。”

千山喝道：“你还是不是人啊？说出这种话！”

方程还击，“我怎么不是人了？你们又是赵玉蝶哪门子的朋友，她根本就没什么朋友！你们是不是吃饱了撑得没事干了，非要管那个疯女人的事?!”

“我们不是吃饱了撑得没事干，我是陈东方的未婚妻。”小乔表情凝重地说。

“陈东方？”方程抬高了语调，“噢，就是那个出车祸的球星啊，赵玉蝶的腰子就是他的吧。”

“请你说话放尊重点！”千山发狠地说。

“你是郑千山吧，我说怎么看着你有点眼熟，不要以为你是球星就可以随便对人指手画脚的，告诉你，我不是球迷，你少跟我来这一套。陈东方捐肾，那是他自愿，没人非要他捐出来。赵玉蝶换肾的手术费我也是付了钱的！”方程表情扭曲地说。

千山不客气道：“付了钱又怎么样？付了钱你就要负责到底。东方的肾在赵玉蝶的身体里，你就得让赵玉蝶活着！”

方程有些无可奈何地看着千山，“我再跟你们说一遍，我和赵玉蝶之间的事，与你们无关。我凭什么让她活着，她的死活早就跟我没关系了！”

小乔气得头皮发麻，她生气的时候永远说不出话来，脑子全乱了。

千山语调抬上来，“我们那么辛苦找到你，你怎么就一点儿没人性啊你？”

方程一脸无辜地说：“谁让你们找我了，你们愿意找关我屁事。”说着方程站起来，“行了，我这儿忙着呢，也没时间跟你们废话。”

千山二话不说把方程按住，“来之前我告诉过赵玉蝶，就是绑架，也要把你绑到她面前！”

方程试图甩开千山的拉扯，“你放开我，不然我报警啊。”

千山不理他，拽着他就要往外走。

小乔跟在后面，此时她全倚仗千山了，对付这样的男人，女人是没有一点办法的。

千山死命地夹着方程往前走去，街上的人都奇怪地看着他们。

小乔拦了一辆出租车，“师傅，去市医院分院。”

司机惊异地看着方程，“怎么了？是癫痫吧？”

方程气愤地冲司机叫了声，“你才癫痫呢，神经病！”

千山拉开车门把方程塞进去，小乔紧跟着也坐进车里。

司机冲着方程说：“你这人怎么说话呢？”

方程回道：“你怎么说话呢！”他转头看着千山，“你等着，我非告你不可。”

千山不理他，对司机说：“快开车！”

司机不高兴地发动车，一边嘴里嘟囔着：“神经病。”

方程叫道：“你说谁神经病?!”

司机正欲还嘴，千山吼了一句：“都给我闭嘴，开车！”

司机不吭声了，车猛地一加速，车里的人都晃了一下。

方程转头又冲千山挥舞着胳膊，“我肯定告你！你等着赔偿吧！”

千山没好气地说：“先去医院，然后你爱上哪儿告我都行。”

半小时后，车停在了医院门口。

千山拖着方程直奔赵玉蝶的病房。

到了病房门口，千山才松开了方程，“不管怎么说，赵玉蝶是为你吃药自杀的，作为男人，你总得做点儿什么吧。不管你们现在关系怎么样，好歹你们也相爱过，她说她还爱着你，死都要见你一面，如果你还是个男人，你进去看看她！”

方程沉默了。

千山在他的背上拍了一下，推开了门。

看着方程走进了病房，小乔悬着的心才放下来。

她偷偷看了看千山脸上涔涔的汗珠，心里忽地涌出一股感动。如果这次没有千山，那局面不知会变得多么不堪。

千山终于呼出了一口气，他抹了一把汗，对小乔说：“你到那边椅子上坐一会儿吧，我都有点累了。”小乔微妙的心理变化他没在意。

“嗯。你也坐吧。”小乔温顺地跟着千山坐到对面去，身心虽是疲累，却又觉得踏实。

那一刻，小乔要原谅他的心呼之欲出。

可东方的微笑突然袭来的时候，那颗呼之欲出要原谅的心又落下了。小乔纠结着，在两种情绪中左右为难。

天色完全暗下来，病房里却显得格外明亮。

从方程走进病房的一刻，仿佛所有的灯光都打在他脸上，那种魄人的光亮深深吸引着赵玉蝶，她的目光一刻不肯离开他。

没想到他真的会出现，她使劲掐了一下自己，她觉出疼了，她知道不是梦境。

方程走到床前，看着赵玉蝶，叹了口气说：“你这又是怎么了？”

赵玉蝶的眼泪夺眶而出，只要听到方程的声音，那日思夜想的声音，泪就要涌出来，“我早就跟你说过了，没有你我不能活。”

方程无奈而又酸楚地看着赵玉蝶，几乎是低声吼叫道：“你根本就不是自杀，你是在杀我！”

赵玉蝶摇头，情绪也激动起来，“我没有。是你杀我，你和别的女人在一起……你不要我了……”

方程气呼呼地打断她，“我跟你说过一万遍了，我没有什么别的女人。你要我说多少遍你才相信啊！”

赵玉蝶的声音也提高了好几度，“那你为什么不回家？为什么对我不理不睬的？为什么碰都不碰我？”

方程放低了声音，“我也是人哪，我也需要休息。我一回家你就没完没了地唠叨，今天得了这个病，明天得了那个病，后天又要自杀，你叫我怎么办？你还让我活不活?!”

赵玉蝶冷笑了一声，“你就是嫌弃我有病。你怕我传染你——”

方程也冷笑，“我巴不得你传染我哪。如果有可能，我倒想跟你换换。躺在床上，什么都不用操心，等着你去赚钱回来给我治病，调理，营养。心情不好就可以随便发脾气，想摔什么就摔什么，想活就活，想死就死。你什么时候考虑过我的感受？我在外面工作了一整天，累得跟孙子似的，回家以后还得等着你冲我没完没了地发脾气，我是什么样的心情？你想过吗?!”

赵玉蝶愣愣地看着方程，“……所以你就讨厌我了，所以你就去找别的女人了……”

方程又打断她，“我没有别的女人。你为什么总要说我有别的女人?! 赵玉蝶，你这样，没有男人会喜欢你的！”

赵玉蝶哭道：“是，我知道，你早就不喜欢我了，从我生病那天起你就不爱我了。你嫌弃我，你碰都不碰我，我心里还不清楚吗?!”她双手捂住脸，干脆放声哭起来。

方程沉默了一会儿，说：“赵玉蝶，……是你嫌弃你自己。”

赵玉蝶呜呜地哭道：“我当然嫌弃我自己，得了这个病你以为我好受啊……我真的很害怕……怕你嫌弃我，怕你离开我……我怕死啊……我得了这个病，我知道是治不好了，我的时间也不多了，我就是想能和你多待一天是一天啊……可我还没死呢，你就先把我甩了，我是什么心情啊，我活着还有什么意思……”

哭声渐渐大起来，病房里再听不到其他声音。

方程犹豫着。他慢慢坐到床边，看着赵玉蝶痛不欲生的样子，心里也有些不落忍。手刚要抬起来安抚她，赵玉蝶一下子把方程揽住，扑到他怀里，放声痛哭。

方程叹了口气，慢慢地把赵玉蝶抱在怀里。

看到这一幕，门外的千山和小乔对看了一眼，都笑了。

那一晚小乔睡得很踏实，自从东方出事以来那是第一个安稳觉。

有什么比爱人的团聚更让人欢欣鼓舞的？

虽然这份欢欣鼓舞是属于赵玉蝶的，可又不仅仅是赵玉蝶的。

东方的器官就在赵玉蝶的身体里，赵玉蝶的喜怒哀乐都跟东方息息相关。

回想赵玉蝶和方程拥抱在一起的画面，那悲喜交加的场面，还有赵玉蝶撕心裂肺的恸哭，让人窝心又让人无比欣慰。那是女人幸福的眼泪啊。

只要赵玉蝶幸福地活着，东方就还活着。

这样想着，小乔露出了难得的微笑。

她还要感谢千山，没有他，那对恩怨情侣断然不会碰面。再细想千山架着方程去医院的样子，还有脸上涔涔的汗珠，小乔心思起伏不平，千回百转……

冬日的阳光从窗子里照进来，给病房里添了一丝暖意。

小乔和赵玉蝶并肩坐在床上聊着天，背靠着床头，一派轻松的。

经过了昨天的事，她们从陌生人变得情如姐妹。

今天的赵玉蝶五官清秀，直直的长发顺滑地垂在耳边，那样子像个贤惠的淑女。小乔见她时都愣住了。

女人是要男人营养的，身边有个相爱的男人，补药保养品都可以省去了。

看到赵玉蝶的这番变化，小乔心里暖暖的。

赵玉蝶说起了与方程的往事，都是他们相爱的片断，赵玉蝶边说边回忆，脸上的微笑带着醉，很好看。

赵玉蝶说完了方程，勾得小乔也聊起了东方。

"……大四那一年，那个时候我不喜欢足球，我学的是法律，跟足球一点儿关系都没有。有一次跟同学一起去看了场球赛，那是我第一次看到东方。那场比赛，东方他们踢得很辛苦，他在场上一直被人绊，趴下了再起来，起来了再让人踢趴下。我奇怪裁判怎么都不管？他们当时输了一个球，东方一直往前传球，往禁区里踢。我看见他的眼神只盯着球，好像那球是他的命。那样子太帅了，当时我就迷上他了，心想着一定要嫁给这样的男人。"小乔莞尔一笑，又继续说，"他使劲往前跑，整场比赛还剩一分钟了，所有人都觉得没戏了。那天东方神了，他一个头球竟然把球踢进去了！当时全场都沸腾了，我不知怎么搞的，也跟着激动起来，眼泪都流出来了……全场人都激动地喊他的名字，东方，东方……"说着小乔的眼泪真的流出来了。

赵玉蝶扭头看着她，"于是你就爱上他了？"

小乔点点头，笑了，"很傻是吧？"

赵玉蝶问："那他呢？什么时候爱上你的？"

小乔破涕一笑，"……其实是我追的他，他说第一次见到我的时候就觉得我是一个傻丫头，后来接触多了，他觉得我一个人在北京生活挺不容易的，他说他挺心疼的。”

赵玉蝶笑了笑，“心疼？”

小乔点点头。

赵玉蝶感慨道：“人只有在很爱很爱的时候，才会有心疼的感觉。东方应该是很爱你的。”

小乔停顿了一会儿，说：“我记得昨天你对我说，如果东方还活着，也许会变心。”

赵玉蝶忙解释：“我……对不起，小乔，昨天我早丧失理智了。”

小乔摇摇头，“如果东方活着，我宁可他变心，我也要让他活着。只要能让我再看见他在球场上奔跑的样子，能再看见他的眼神、他的微笑，我愿意付出任何代价……”

赵玉蝶泪眼朦胧地望着小乔，心里生出一丝怜惜。

本来对东方，她就是心存感激的。没有东方的肾，她活不到今天。现在对小乔，赵玉蝶同样感激，没有她的帮忙，根本不可能见到方程。

跟小乔一比，她又是何等的幸运。方程走了，还能再回来；东方走了，却是不归路。

看着眼前瘦弱的小乔，赵玉蝶只有一个念头：一定要好好地活，也让小乔看到她好好地活。

赵玉蝶替小乔擦去了眼泪，她们紧紧地抱在一起，那拥抱里含着苦涩、感激、欣慰、理解和同情。

门外，千山看到这一幕，赫然停住了脚步。

他是来送午餐的，手里的饭盒此刻就像两个秤砣，令他举步维艰。

他轻轻地把刚推开的门关上了，心里的滋味难以言喻。

方程带着水果和一束鲜花从医院的楼梯上走过来。刚上二楼他就看见了千山。他的脚步放慢了，缓缓朝千山走去。

坐在走廊椅子上的千山一扭头也看到了方程。他站起来，迎了过去。

“赵玉蝶正和小乔在里面聊天呢。”千山说。

方程脸上有些不自然，干笑了一下，“是吗?”

他走到门边朝里面看了一眼，又站住。

“进去吧，花都买了，还不送进去?”千山拍了他一下。

方程表情复杂地看着千山，他尴尬地笑笑，露出感激。

两个男人同时出现在病房门口，赵玉蝶和小乔高兴地招呼他们进来。

尤其是赵玉蝶，她一眼看到方程手中的鲜花，那脸上更绽放出异样的神采。

“方程来了，我们也该走了。”小乔站了起来，自然地走到千山一边。

“干吗这么急着走，你们再住几天吧，我身体也差不多好了，明天就能出院，我陪你们在南京玩玩。”赵玉蝶也站起来，拉着小乔的手说。

“是啊，这几天你们照顾玉蝶也累坏了，休息几天再走吧。”方程开口了，那表情就像久违的老朋友。

“不了，我还有别的事呢。”小乔微笑着说。

“是啊，我们还有更重要的事要办。”千山搭了一句。

小乔用了“我”字，千山用了“我们”，这话里的深意，千山是领会的。他心里咯噔一下。他看了一眼小乔，小乔的目光却在赵玉蝶身上。

“小乔，”赵玉蝶眼眶红了，“谢谢你!”她又转向千山，“谢谢你们!没有你们，我恐怕早在另一个世界了，更不可能会再看到方程。”赵玉蝶说着把小乔深深地拥在怀里，“真的谢谢你们!你们是我这辈子的恩人啊!”

两个女人都流泪了，赵玉蝶是感激，小乔却是欣慰。

她仿佛看到东方正在角落里看着她，那炽热的目光将小乔团团围住，令她有说不出的感动。

方程和千山也都眼眶微红，两个男人使劲握了握手，方程说：“谢谢你们，你们救了赵玉蝶，也让我看到生命的可贵。”他又转向小乔说，“谢谢陈东方，没有他的肾也没有玉蝶的今天……你们都是善良的人，一定会有福报。以后到南京来，记得找我，需要我帮忙的，你们尽管开口。”

今天的方程完全不是他们初次见面时那个几乎没人性的家伙了，他变得友善、和气、充满爱心。

这个结果超乎了小乔和千山的意料。

看着赵玉蝶和方程手牵手的样子，小乔和千山终于可以放心地离开了。这个完满的结局，令在场的每一个人都舒眉展目，好似一家人。

医院的门口他们挥手告别，赵玉蝶含泪目送，直到小乔和千山的身影完全消失了，他们仍不肯回去。赵玉蝶索性趴到方程的怀里放声哭起来。

赵玉蝶把头靠在方程的肩上，“看到她，我才知道我是身在福中不知福。”

方程紧紧搂住赵玉蝶的肩，拍了拍她。

赵玉蝶哭道：“方程，对不起，我对你做的那些荒唐事，我真的不是有意的……”

方程低头打量了一眼赵玉蝶，“过去的事情就不要提了，这不都过去了吗?”

赵玉蝶说：“小乔告诉我，要学会珍惜。这句话我一辈子都要记住。方程，我们好好地过吧，我也要好好地活，跟小乔比起来，我又是多么幸福的女人……”

方程拍着赵玉蝶的肩，面上酝酿出一丝感激和感恩，他也被小乔和千山深深触动了。

16

汽车匀速行驶在高速路上。那深蓝的天空，像一口深井，把小乔慵懒地罩住。

眼泪还是止不住，小乔把脖子仰起来，试图晾干成串的眼泪。

告别了赵玉蝶和方程，感动之后，竟是失落。

就像看完一部小说，再动人的剧情，合上书后那只是别人的故事。看书的人依旧是那个满腹心酸的小女人。

小乔故意把脸转向窗外，不让千山看到。

千山默默地递过一包纸巾，没有多余的话。此刻他知道，小乔的眼泪是止不住的，越劝会越多。

小乔抽了一张又一张，那无声的泪令千山心如刀剜。

千山拿出一个塑料袋，把小乔用过的纸巾都收进去。

慢慢地，小乔止住了泪。

窗外的蓝一望无际，东方最喜欢天蓝色。这片蓝把小乔带向另一段温暖的记忆——

那次是小乔二十二岁的生日，东方送过来一条天蓝色的裙子，无袖掐腰的连衣裙，精巧别致，小乔立刻就把它穿上了。

东方一眼不眨地看着她，直看得小乔脸上涌出红晕。

他们吻在一起，那个绵长的吻，还有小乔的第一次，都随着那个深蓝的夜，刻骨地注入记忆里。

初恋对于女人不仅仅是刻骨难忘，它是心里的一块胎记，会一生追随。

东方是小乔第一个男人，他就是小乔心里的那块胎记，如影随形。

迷迷瞪瞪地，小乔似睡非睡。

东方说，戒指和婚纱都要从国外订，他要给小乔最好的婚礼。

是梦话吧，小乔问他。

不是梦，是真的。东方拉着她的手，紧紧地。

小乔狠狠拍了他一记，叫他喊疼。只有喊疼才是真的。

东方却不出声。

小乔又打他一记，叫他喊。

东方还是沉默。

小乔重重地再打一拳，这一次，她听到男人喊了一声，她惊醒了，是千山的声音："小乔，怎么了，做噩梦了吗？"

"没有啊。"小乔慌忙掩饰。

"是不是梦见被人追杀了，怎么打了我一拳。"

"我真的打到你了？"小乔想笑。

"可不，一拳打到我大腿上了，估计里面已经发青了。"

小乔看着千山无辜的样子，欲笑又止，"可能做梦了吧。我也记不得了。"

"估计你是太累了，人一累就容易做有暴力倾向的梦。"千山认真地说。

"我不累，看到赵玉蝶和方程在一起，我心里一下就轻松了，真的，一点不累，是一种从未有过的轻松。"小乔舒了一口气。

"别逞强了，你再睡一会儿吧，到济南还有一个小时的路呢，你睡吧，到站了我叫你。"

小乔慢慢闭上眼睛，泪却顺着眼角滑到鼻尖。

他知道东方说的是梦话。

梦话怎么能算数呢？

小乔故意把头靠向另一边，她尽量躲开千山的注视。

不用看，她已知道那目光的深浅。抗拒已经没有了，此刻两人并肩而坐，近到几乎没有距离。新一段的行程里，不再有仇人。

尽管这样想着，小乔却仍在流泪。

杀死仇人又如何？死去的人终究无法活过来，永远无法活过来！

坐在小乔身边的千山，完全没有睡意。

以前去各地踢球，他的外号是睡虫，只要一上车，不出十分钟他准进入梦乡，还戏称这是他的美容觉。

可这一路，从北京到石家庄、到南京，再到济南，每一程都要抖擞精神。一上车，他要比任何时候都集中精力，他要看着小乔，不容分神。

小乔在身边的车程，美容觉再不光顾。他焦虑重重。

在南京的最后一晚，他接到了张潜的电话。队里召他立即回去训练。

他回不去，只得求张潜帮他想办法。

张潜无奈地说："如果不立即回来，恐怕要受处分。"

千山认了，即使给他十个处分，他也不能现在回北京。他知道小乔一个人根本不可能完成她想做的事，他必须帮她。

张潜劝他别感情用事。

千山一意孤行，说到最后甚至提出了退役。

最后两人呛起来，"队里已经失去东方了，连你也不想干了吗?！不如我也去撞死，一了白了，大家都甭活……"

场面无法收拾，千山举着被挂断的电话，一脸木然。

他别无选择。

尤其看到小乔脸上的泪痕，他更不能回头。

到达济南的时候已近黄昏。

千山和小乔疲惫地从汽车上走下来。一路颠簸，再加上悲伤、疲倦，更懒得说话。

随便找了家旅馆入住后，他们在旁边的一家川菜馆吃饭。

小乔吃得狼吞虎咽，这一路她没好好吃过一顿饭。前两站的顺利，令她到达济南之后稍作喘息。

千山心疼地看着她，自己却没一点胃口，队里要给他处分的事令他提不起食欲。

调整了一下情绪，千山问："咱们在济南要找的是什么人?"

"他叫赵云鹤，医生也没告诉我他的具体情况，只说了一个地址。"小乔边吃边说。

"有了石家庄和南京的经验，我觉得这一次应该也会很顺利。"千山说。

"但愿吧。"小乔看了一眼千山，"你别光说，吃饭啊，你感冒刚好，可要多吃点，增加抵抗力。你要再病了，我可不管你啊。"

"你放心，我底子好，哪能说病就病，我还真是不饿。"千山强打精神。

"那你也得吃点啊，不能光我一人吃吧?"小乔眼睛睁得滚圆。

"我这不正要吃嘛。"千山埋头吃起来。

小乔看着他，欲言又止。

默默吃了一会儿，小乔说："对了，有件事想告诉你。"

"什么?"千山抬起头。

"惜云怀孕了。"小乔顿了顿，说，"昨晚我上网看她给我发的邮件了。我想还是告诉你吧。"

“噢，那要恭喜她。”千山说得不咸不淡的，脸色却有微妙的变化。

“惜云其实很想和你结婚的，当初你为什么不同意？”小乔还是忍不住问了。

千山一时不知如何作答，想了想说：“可能……没做好准备吧，结婚是件大事，我是想再踢两年球再谈这事，谁知惜云她等不及。”

接下来是一阵沉默，千山的脸色已让她不想再问下去。

千山适时地向服务生打了个手势，“买单。”

回到旅馆后，小乔和千山各自睡去。

不过没有人睡得着。

小乔也不知为何要在餐厅说惜云的事，其实是个没意思的话题。

惜云在邮件中语气并不好，怀孕的事没有透出一点喜悦。

她知道惜云的心还在千山身上，可事已至此，这是她自己的选择，旁人分担不了什么。

那么千山心里究竟怎么想的，她不得知。

论理她是了解千山的，可再细想，又觉得隔着什么。有时她完全看不透千山。

这一路她那样对他，百般刁难，他硬是没有半点情绪。

哪有没脾气的男人？以前她是亲眼看过千山在惜云面前发火的。当时她替惜云叫屈。惜云在女人堆里脾气秉性都算好的，千山倚老卖老的，时不时要发火，那时小乔还暗自庆幸东方没有他那么大的脾气。可这一路下来，千山跟她以前印象中的完全不同了，她摸不透他。以前他们四人在一起时的了解，都一笔勾销。

现在她才承认，她不了解千山，抑或是这段时间他整个人起了变化？

小乔窝在床上，心里在翻腾千山的往事。

另一个房间里的千山，更无睡意。

惜云怀孕的事，他稍感意外。

以前惜云说过不想要孩子，说生孩子受罪，身材又会变形。如今却以这样快的速度怀孕。

说不出的一种感觉。各种情绪混在一起，千山的脑袋一舒一紧地疼。

当初惜云提出分手，他不同意；惜云嫁给了别人，他也伤心过；现在听到她怀孕的事，他倒是长长松了口气。她终于也算安定下来了。她想要个家，一个殷实的家，不用工作，有男人养，她只需打理院子里的花草，这是她想要的生活，如今她全部拥有，也是好归宿。

他只是有些感慨，女人口口声声说爱这个男人，却能马上跟另一个男人结婚生子，这叫做什么？现实？

屋里四处弥漫着烟草的味道，吸了两根烟，千山把房里所有的窗户都打开。

一股冷空气迅即袭来，千山打了个冷战，那睡意更跑得无影无踪了。

17

赵云鹤的家找起来并没有费太多周折，进小区找了两个人就问到了。

敲开了赵云鹤的家门，一位老人出现在门口。

“您好，是赵云鹤家吗？”

老人面无表情地点点头。

“您是……”小乔试探地问。

“云鹤的父亲。”老人不疾不徐，表情严肃。

“噢，您好！”小乔脸上浮出笑意，“我是陈东方的未婚妻，他是东方的队友郑千山，我们从北京过来，想看看云鹤。”小乔开门见山地说明了来意。

老人没有仔细盘问就让她和千山进去了。

很简陋的一室一厅。墙角一堆东西打着包。客厅的正中央，一张黑白照片醒目地镶在一个黑框里，边框套着一条黑纱。

照片里的短发少年稚嫩地笑着，样子看起来很清秀，是个美少年。

“这是？”

千山和小乔都看到了，愣在了那里。

“这就是云鹤。你们坐吧。”赵父给他们端来了茶水，面上的表情始终如一，“家里比较乱，别介意。”

小乔和千山默默地坐下，心里不是滋味，嘴上又想不出应景的话。这样的场面，他们无论如何没有料到。

“伯父，您是要搬家吗？我看一些东西都打上了包。”千山问。

“噢，这都是云鹤的东西，一些衣服什么的，还有张行军床，想运回老家去，给他表弟用，好多衣服都是新的。”赵父神情平静，“正好下午有车过来，一块儿运走。”

小乔和千山互看了一眼，一时想不出合宜的话。

“云鹤他……”千山不知怎么开口。

“我们也没想到云鹤会走得这么快，手术做完不到两个月就恶化了，没能再抢救过来。”赵父说得不疾不徐，“我们早就有思想准备了。手术前，医生就反复给我们讲过，说成活率很低。肝脏不比别的，移植后排异反应会比较大，我们都明白……刚做完的时候特别好，第二天就转入普通病房了，医生说手术非常成功，说住一周就可以出院，我们还是不放心多住了二十天。出院那会儿云鹤精神特别好，跟我们有说有笑的，我们都觉得这孩子救过来了，没问题了，谁知……”

眼见着老人要落下泪来，小乔和千山都不知该怎么接话。

小乔看着赵云鹤的照片说：“他多大了？”

“这个月就满十九周岁了。今年该上大二了……”

千山说：“伯父，对不起，来之前我们不知道是这个情况……”

赵父说：“你这说的是外道话了。你们来了，我高兴。真的。我和云鹤都是球迷。”他冲千山笑笑，“云鹤在高中的时候就是足球队的，跟东方一样，踢前锋的。每次学校比赛，我们可光荣了，自己孩子就在球场上，甭提心里多高兴了。这孩子也争气，在全国的高中足球联赛评上了优秀运动员，就因为这，学校保送他进了体师……这孩子得病以后，唯一想看的电视，就是球赛。手术时，他知道给他移植的是陈东方的肝脏，甭提多高兴了。孩子临走的时候，拉着我的手跟我说，爸，我不害怕，我死了就能和陈东方一起踢球了……”他的声音哽住了，忍了一会儿，把眼泪忍住，笑了笑，接着说，“要是孩子活着时能见到你们，就更好了……”

小乔绷不住掉泪了。千山的眼圈儿也红了。

“我们应该早点来就对了。”千山说。

“这孩子在天有灵，他知道你们来了，也会很高兴的。你说我们俩都不是搞体育的，可这孩子生下来就爱踢球，个儿长得也高，高一的时候就一米八了，可惜后来生了病……哪想到这么健康一个孩子，天天在球场上奔，怎么还会生这个病……”老人始终不肯把眼泪流下来，可强忍的表情让看着的人更心酸。

小乔拎起一袋子保健品，“本来是给小云鹤买的，伯父，您收着吧。”

赵父边推托边对小乔说："可不能收啊，本来我们对陈东方就感激不尽了，再收你们的东西，那成什么了。我一直想带着云鹤去见见陈东方的父母。只是没想到这孩子走得快，家里一直忙着后事，一时也没去成。你替我问候他们，替我谢谢他们！"

小乔用力地点点头。

这时，门铃响起来，赵父过去开门。

小乔看了千山一眼，两人站起身往外走。

是赵母回来了，她拎着一大兜菜刚进门。赵父跟她小声介绍了这两位客人。

小乔、千山冲赵母打了个招呼。小乔看了看表说："你们也该做午饭了吧，我们就不打扰了，我们先告辞了……"

赵父说："这说的是什么话？我想请都请不来你们呢。今天无论如何吃完饭再走。"

赵母说："就是。我现在就去做饭，真没想到你们能大老远赶过来。"

小乔不好意思地说："我们真的要走了，真的不用麻烦了……"

赵父把他们往屋里推，"跟我还用客气吗，要走，也得吃了饭再走。"

"就是，我这就做，很快的，一会儿就好。你们就当是家里吃个便饭。我的手艺也是马马虎虎，你们别嫌弃……"她边说边进厨房。

千山道："伯母，真的别忙乎了……"

赵父认真地说："你们就当陪陪我，陪我吃个饭，行不行？"

千山看了小乔一眼，不忍心拒绝了。

赵父推了他们一把，两人又回到了厅里。

赵父的脸色缓和了许多，他聊起了云鹤的趣事，时不时露出笑意。

赵母在厨房里忙碌着。锅上烧着油，她有条不紊地炒菜。

小乔见千山和赵父聊得正好，她悄悄走进厨房，“伯母，我来帮您打个下手吧。”

赵母立刻做出要赶的样子，“快别沾上油了，我们家厨房小，我一人就行了。”

小乔不管，直接拿起菜洗起来，“伯母，您也别把我当外人，东方的肝脏给了云鹤，我们就是有血缘关系了。”

听到这话，赵母鼻子一酸，眼泪滴进锅里，“哧啦”一声。

“伯母——”小乔停下了手里的活儿，看着赵母，心里又酸又痛。

“没事，我……就是想起云鹤了，这孩子走得太早了，才十九岁啊，学校一共才两个保送名额，其中一个给了云鹤。多不容易啊！”她擦了一把眼泪，说，“你快进屋去吧，油烟挺呛的，还有两个菜就好了……我不知你们要来，也没买那么多菜，你们凑合吃点儿。”

“伯母……”小乔被赵母推到厨房门口，喉咙发堵，一堆的安慰话就是不知先说哪一句。

她看着忙碌的赵母，还有正和千山聊天的赵父，多好的一家人，偏不能和和美美。

东方的肝终是没能救得了这孩子，他心里必定也是遗憾的。

小乔闻着饭香，心里却是说不出的苦。

转眼赵母做好了四菜一汤。

四个人围着一张饭桌坐着，像是一家人。

“我今天真高兴啊，也替云鹤高兴。”赵父冲千山和小乔举起酒杯，“来，我敬你们一杯。”他一口把酒干了。

千山也把酒一口喝尽。

赵母冲小乔说：“姑娘，吃菜。我烧的口味也不知你们能不能吃得惯。”

小乔夹了一口菜，说：“真的挺好吃的。”

“我们山东人做饭可能偏咸，你们凑合着吃啊。”赵父笑笑。

千山大口吃着，努力做出很爱吃的样子，“伯母，您烧的菜味道不错，我妈以前也在山东待过呢。”

赵父给千山倒酒，然后又给自己满上，“喜欢吃就多吃点，也没什么好菜，你们将就着吃。来，再干一杯。”

四人都举起酒杯，气氛好似一个节日。

赵父接着说：“做家长的都希望有个出息孩子啊，千山你不错，你和东方都是好样的。云鹤这孩子也不错，我们其实从小也没培养过他，都是他自个儿偷偷学。一开始我们也反对他踢球，怕影响学习，谁知在初中的时候就被选进校队了。后来我们也想通了，这孩子爱踢球也不是什么错，若能踢好了，也有发展前途。这孩子也出息，上高中的时候他就代表学校参加全国的比赛了。”又冲赵母说，“我不是吹牛吧？”

赵母微微一笑，“不是。当然不是。”

赵父接着说：“我们也没想到他还能获个奖回来。当时我们俩听到孩子被保送进了体师，甭提有多光荣了，学校一共才两个名额啊！你看我们俩什么本事也没有，哪会想到能生出一个这么优秀的孩子……唉，就是留不住啊。”

说到这儿，赵母的眼泪滑下脸颊。

赵父拍了她一下，“别哭。不是说好了吗？今天我们可是有客人在。”

赵母擦了擦眼泪，冲小乔笑了笑，“别见怪啊。我就是太舍不得这孩子，什么时候想起来都要哭上一回，主要是这孩子受委屈了。你们不知道，刚上大学那会儿，我们云鹤身体好着呢，教练器重他，把他当成重点培养对象。可训练了一年下来，体检就查出了这个病，我们不相信啊，到处找医院，找大夫查，可结果都一样……你说怎么好好的能一下子得了重病？我们就觉得是教练训练不得法，每天早晨四点钟就要起来跑步，稍微成绩不达标就体罚……有一次嫌我们云鹤一万米成绩不合格，罚他跑了一天，晚上这孩子就昏过去了……”

赵母说不下去了，眼泪决堤般。

赵父抚了抚老伴的肩膀，“本来我们不应该说这些，孩子都去了，可一提起这事我们委屈啊！张教练人不错，也经常上我们家来，说要把云鹤培养成国家队的球员。可你说训练也得有个度啊，这一年下来，我们云鹤瘦了三十多斤，晕过去好几回。这孩子也要强，瞒着我们不说，每天起早贪黑地练，拼了命地想进国家队……结果怎么样，才一年就倒下了……云鹤坚信自己能挺过来，不管多么大的手术，一声不吭，他还是个孩子啊！后来医生说只能换肝保命了，我们不敢跟云鹤说啊，怕他支持不住。这孩子什么都知道，心里明镜似的，什么都不说，自己跑去找大夫签字……”赵父哽住，绷不住地哭了。

小乔和千山早已红了眼眶，默默地跟着流泪，不能言语。

“孩子病了后，我们也找过学校，说张教练训练不得法，体罚学生就不对。可学校说别的学生也是一样训练怎么都好好的。我们没辙，除非这事打官司……可我们给孩子治病已经倾家荡产了，哪还有钱打官司……再说张教练那人也不是坏人，他也是想出成绩，你说我们再把他告上法院，我们也做不出来啊……就是白白牺牲了这孩子。刚做完手术那会儿，东方的肝脏很匹配，手术也很成功。我们以为云鹤有救了。东方和云鹤都是踢球的，我们想着这病一定能好起来……谁知才两个月就……”赵父双手掩住面孔，泣不成声。

小乔把纸巾递给去，自己已哭成泪人。

“当时云鹤保送进体师，我们高兴得跟什么似的，教练又喜欢他，经常给他开小灶，单独训练他。我们感激啊，哪想反而是要了他的命啊……”赵母垂头拭泪。

一家人痛哭流涕，只有照片里的云鹤一脸天真无邪地看着一屋子的人。

“伯父伯母，别难过了，我们和你们一样，喜欢云鹤这孩子。”小乔边流泪边劝。

“云鹤是个好孩子，跟云鹤一比，我们太惭愧了……”千山沉重地说了一句。

片刻，赵父才能言语：“其实我们也知足了。我跟她说了，”他指了一下赵母，说，“这么好的孩子，陪了我们十九年，我们俩也算是有福之人了。来，不该说这么多伤感情的话，我们喝酒，干杯——”赵父一饮而尽。

千山也把酒干了，一脸苦涩。

“你们俩多吃菜，只怪我们一说就收不住了，来，多吃点儿。”赵母边说边给他们夹菜。

小乔端起碗，哪还吃得下，眼泪噼里啪啦地掉进碗里。

“云鹤这事，学校和老师都应该负责任的，体罚学生这是绝不允许的。”千山气愤地把酒杯一放。

“没用的，该找的我们也找了，云鹤手术后，学校也派人来看过。当时就问云鹤张教练是不是经常体罚他。可这孩子心软，不肯认，说张教练是为他好。我们再怎么说都是白搭……干脆我们就放弃了，孩子已经走了，就算给他讨回个说法又能怎样？再闹下去学校就说我们是想要钱，最后还是一肚子气……哎，只怪我们大意了，以为把孩子交给学校什么都可以不管了，最后是害了这孩子……”

呜咽声在屋里乱窜，每个人心里都不好受。

十九岁，多么年轻的生命，此时此刻，已在天堂。

小乔呆呆地看着云鹤的照片，那张天真无邪的脸慢慢幻化成东方，他正冲一屋子的人微笑，招牌的笑容，令人心酸，一股隐隐的痛从背脊直传到足趾。

要离开的时候，正赶上搬运的车开过来。

千山楼上楼下地，一趟趟帮着把所有的东西都运到车上。

小乔看着，感激自不必说。

分别时，赵父执意要送。

小乔不好意思地说："伯父，您别送了。我们都打搅你们一天了。"

赵父边走边说："没事儿，我闲着也是闲着。几天没出门了，出来溜达溜达也好。"

千山说："我们肯定还会再来看你们的。"

赵父连忙摆手道："那可不敢当，哪好意思。你们能记着云鹤，记着来我家吃过一顿饭，我们就心满意足了。"

路过一家体育用品商店门口，千山拉了小乔一下，说："你们等我一下，我马上出来。"说完进了商店。

小乔和赵父在外面等着，一会儿，千山拎着一个足球出来了。

千山刚一走出门口，就被几个穿运动服的少年围住，他们兴奋地叫起来，"你是郑千山吧?"

另外几个逛商店的人也立刻凑过来，"是他，是郑千山啊。"

他们把千山团团围住，索要签名。

那群少年对千山说："我们是体校的，你可是我们的偶像啊。"

"是啊，我们可喜欢你了，将来我也要当你这样的球星。"

千山一个一个给大家签名，好多路过的人也挤进来凑热闹。

人越围越多，小乔和赵父被挤到一边。

人群中突然有人问：“郑千山，你知道陈东方是怎么死的吗？你是他的好朋友，他真的是死于车祸吗？”

“东方死得太可惜了，这里面会不会有什么阴谋？”

“有人说车祸只是个假象，陈东方是被人陷害的，是真的吗？”

……

大家七嘴八舌地把话题从千山移到东方身上。

千山的脸即刻僵住，他怕这样的发问被小乔听到。

他一边解释东方的车祸，一边试图挤出人群。

好一会儿，千山才挤出来，他的衣服和头发都被人抓乱了，他也顾不得形象，赶紧把怀里刚买的足球递给赵父。

“这个送给云鹤吧。”千山说着拿笔在足球上写了一句，“云鹤，走好。千山。”

赵父咬了咬嘴唇，点着头，“谢谢，谢谢了。我替云鹤谢谢你们！”

最后赵父拉着小乔说：“一定替我谢谢陈东方的父母，他们培养了一个优秀的儿子，我们一家一辈子都感激他们！”

眼眶再一次潮湿了。

小乔一字一顿地说：“放心吧伯父，我一定转告。”

离开赵家，千山把小乔送回宾馆，自己却直奔体师。

云鹤的事，他想弄个明白。

先找到了班主任，又找到系主任。系主任认出是郑千山，立即把此事推给了校领导，最后一位自称校长助理的人接待了他。

三十多岁的年纪，一副精干的样子，说起话来咄咄逼人。

助理称校长出国考察了，赵云鹤的事就是由他处理的，当初学校已给云鹤一笔抚恤金。

千山追问抚恤金的数目。

助理说："两千。"

千山有点恼，"一个孩子的生命才值两千元吗?!"

"赵云鹤是自已生的病，跟学校是没有关系的，学校生病的学生多了，又不是赵云鹤一个。"助理冠冕堂皇地说。

"问题是赵云鹤这个病跟老师训练不得当是有很大关系的！教练为了出成绩体罚学生，这是绝不允许的！"千山毫不示弱。

"我看你是没搞清楚状况，赵云鹤的父母一口咬定教练体罚学生，可赵云鹤本人都不承认是体罚，这不是很可笑吗？我真没想到赵云鹤的父母要不成钱还派人来，现在是讲法律的，打官司要的就是证据！"助理趾高气扬地说。

千山一时语塞。

"没有证据，信口开河，就是诽谤。赵云鹤死后，我们学校是派代表参加治丧的，还特意为他做了一面锦旗，那是赵云鹤的父母没有要。我们学校能做的都做了，还要我们怎么样？赵云鹤的父母过来闹，无非就是想多要点钱，我们学校也是有制度的，哪个学生一死都找校长来要钱，学校岂不乱了！"

千山压住火，说："那这样吧，我想见见张教练。云鹤的情况我相信他最了解。"

"这个不是很方便，张教练已经退休了。"助理声音一沉。

"退休了？他应该还不到退休年纪吧。"千山不可置信地问。

"为了培养赵云鹤，他也付出了巨大的代价，也弄得浑身的病，所以我们批准他内退了。"

千山眼睛瞪得老大，却没有任何办法。

这时助理走上前来，"这是张教练的手机号，你可以给他打电话。我能帮你的就这些了。"

这样的时刻千山向来占不了上风，他的口才从来不讨好。心里有些悔意，该把小乔叫上，她终究是学法律的，她在，对面的人至少不会那么猖狂。

从办公楼走出来，千山立即拨打张教练的电话，早已停机！

正在抓狂，一位五十来岁的老师模样的人把他叫住了。

他说："你是赵云鹤的亲戚吧？"

千山摇摇头，"我是他的朋友。云鹤是个非常优秀的孩子，这孩子病得蹊跷。"

"我是云鹤的老师，教过他。我也很喜欢云鹤，知道他的事我也很痛心。"说着他从包里掏出一个信封，"这个你们帮我交给云鹤的父母，这是我的一点心意，一直想过去看看他们，一忙又顾不上了，请麻烦你帮我转交过去，谢谢啦！"

还是有好人的，千山感激地向他道谢。

"请问你知道张教练怎么联系吗？我想跟他见个面。"千山追问一句。

那男人忽然面孔一转，"我还有事先走了。请一定转给云鹤的父母！"

千山睨着他的背影，一脸狐疑。

张教练？

回来的路上，千山一路思忖。如果他的直觉是对的，他手里攥着的应该是张教练的心意。

事已至此，再难追究下去。

千山想了想，从银行取出两万块。连同老师的信封一起用报纸包好，再次叩响赵家的大门。

两位老人惊讶又意外。

千山把信封交到他们手里，这样说：

"我们去找过学校了，学校一看我们的身份就变了态度，非常热情。小乔是记者，他们也怕事情闹大，所以我们一提云鹤的事，他们就明白了。他们也承认教学过程中有过失，这是他们的意思，说作为给你们的赔偿金。”

因为事先琢磨过，千山说得很流利。

赵父颤抖地打开纸包，吓了一跳，“这真是学校给的钱？”

千山忙说：“当然是了，不然我上哪儿找钱去。你看还有学校的信封。这个是张教练送来的，他说他早想过来了，怕你们不肯原谅他，这是他的一点心意。”

“这真的是张教练送来的？”赵母抹一把眼泪，语气激动。

“是啊，他亲手送给我的，让我一定转交。”千山点点头。

“千山，你让我们二老怎么谢你啊！我替云鹤谢谢你啊！”说着老人就要跪谢。

千山忙把二老扶住，一股热流涌上心头。

终于可以吁出一口气。

小乔若在场，她定会莞尔一笑。

这是幸福的眼泪。

小云鹤应该在天堂里微笑了吧。

他仿佛看到，云鹤正和东方一起在球场上驰骋，英姿飒爽。

在济南的最后一晚，小乔喝多了。

三件要做的事都顺利地完成了，接下来该为东方做点什么呢？

小乔就像一个刚冲刺完的马拉松运动员，终点已经到达了，身体疲惫到极限，可心里却一下子空了。不知道下一个起跑点在哪里，又该在哪里冲刺。

石家庄、南京、济南，有东方的地方都去了，下一站又是哪里？哪儿还有东方的影子？

小乔一边喝酒，一脸的迷茫。

该回北京了，假期早已期满，同事已打电话来催了。

谁还愿意踏上北京那块伤心地，满街都有东方的影子，回去那里，走哪儿都是煎熬。

千山在一旁默默地喝酒，时不时劝小乔别喝太多。他明白小乔的感受。他何尝又想回去？

在北京他和小乔几乎吵翻了天，若再触景生情，小乔重新跟他翻脸，这一路的辛苦都会付之一炬。

另一件头疼的事便是要回队里做检查，张潜已发来了短信，处分的事躲不过。

想到这里，千山也不劝小乔了，自己大口大口喝起来。

桌上的空瓶子堆了一排，看着千山崩溃的样子，小乔怕了，明天就要回北京，她担心千山出事。

那个晚上很狼狈，千山吐了小乔一身，折腾到凌晨才入睡。

一夜无话。

18

回北京的火车上，两人不约而同地沉默。

还有十分钟开车，客人陆续上来，有说有笑，唯独他们无话。

一个声音忽地从车窗外喊过来：

“千山，小乔，你们等等！”

是赵云鹤的父亲，小乔睁圆了眼睛，很是意外。

老人欲上车，列车员将他拦下。

千山和小乔忙迎过去。

“千山，这钱你收回去，这钱我们不能要啊，我跟学校打听了，根本没有这回事，千山，你们的心意我领了，这钱你们一定拿回去。”

小乔完全愣住。

“伯父，这真的是张教练的心意，这钱您一定要收啊！”

“千山，这钱我们不能拿啊……”沉甸甸的一包还未送出去，火车缓缓启动。

列车员将老人死死按住，这一幕小乔看在眼里。

千山松了一口气，一场虚惊。

回到座位上，小乔已明白，“你去找了学校？”

千山点头，却不想多说。

“你给了多少钱？”小乔再问。

“两万。”

“算我一半，回北京后还你。”小乔说。

“这事跟你没关系，干吗分你一半。”

小乔没再吭声。

接下来又是沉默。

千山做得没错，可小乔心里却高兴不起来。

他该把我叫上，自己到学校逞强。给钱的事一句都不商量。

他越这样周到，小乔心里越不自在。

把事情做得圆满是千山的风格，小乔却不领情。

窗外的风景斑驳掠过，千山偶尔递过来一杯水，偶尔讲几句无关痛痒的话，离那个伤心地越近，两人的话越少。

到北京站后，小乔拿着行李自顾自地走在前面。

千山在后面跟着，他定定地看着小乔的背影，想了想，快步追上去，“小乔，我先送你回家吧。”

小乔一脸倦怠地说：“不用了。我坐地铁走。”她迈步朝前走，并不看千山。

千山在后面默默地跟着，他一时不知怎么跟小乔交流。

最担心的事情还是来了。

“正好顺路，我先送你。”千山坚持。

小乔停下脚步，说：“真的不用你送，你先走吧。”

千山皱着眉头问：“还打算继续找吗？”

小乔不置可否，想了一会儿，她重重地点点头。

千山执著地问：“下一站是哪儿？我陪你去。”

小乔摇摇头，“不用了。”她转身走了，走了几步，又停下来，回头冲千山说，“钱我会还你的。”

千山苦涩地说：“怎么跟我这么见外，这钱是花在东方身上的，要还也是他还。”

“我替他还也是一样的。”小乔平静地说。

“小乔——”千山气到语塞。

“我先走了，回头你把账号短信发给我，我把钱汇给你。”

千山苦涩一笑，“还是不肯原谅？”

“别忘了发短信给我，你多保重。这一路谢谢你。”说完小乔转身走了，再没有回头。

“小乔——”千山在后面叫着，无人回应。

转眼小乔消失在人流中。

真的回到伤心地了，从踏上北京的土地，那种隔膜扑面而来。

又回到起点了，千山这一路的奔波毫无意外地化成了泡影。

小乔又回到了冰冻状态，她的眼神分明是看一个仇人。本以为这一路小乔已经解冻了，谁知这块伤心地潜伏着魔咒，还没有时间验证，立刻就灵验。

打了一辆出租，千山落寞地坐进车里，脑子像要裂开般疼痛……

小乔上班后第一件事就是找报社领导谈话。

她直接去找了报社的社长，已顾不得被主任说成越级。

她要求换个部门，离开体育版。

她说得恳切，只要离开体育版，其他任何版她都愿意去。

东方走后，她不想再接触任何有关体育的东西，再让她采访足球，她会崩溃。

社长也能体会小乔的心情，但新人上手也需要一段时间，他让小乔再继续做一个月，交接一下。

小乔答应了，她跟社长道了谢，紧绷的表情终于松懈下来。

千山这边却是雪上加霜。

一回队里，还未来得及找张潜汇报，队里的领导直接找他谈了话。

气氛凝重的会议室，千山一人面对三个领导，张潜坐在边上旁听，一句话也插不上。

那场面，千山头一次遭遇。

刚开始千山还试图解释，到后来他连说话的机会都没有。张潜冲他使眼色，让他道歉。

谈话若变成了辩论会，后果可想而知。

最后领导拍了桌子，千山心里咯噔了一下，立刻收口，调整态度。

张潜硬着头皮替千山解围，结果一并受到批评，话题由个人的态度不端正转变成队长的失职。

整整一下午，千山如坐针毡。

最后谈话的结果比千山想象中的还要差。

队里不仅给他一个处分，还要他停赛三个月！

听到这样的结果，千山几乎气疯了，要不是当时张潜按着，那天的千山非爆发不可。

张潜把他拉到球场上，厉声叫他冷静。

千山一通乱嚷，满肚子委屈。他知道自己跟小乔出去这一趟，没事先请示。可这一切都是为了东方啊，他再错也不至于停赛三个月吧。

幸好球场上没什么人，张潜让他发泄出来，等千山嚷够了，他开口道："千山，我知道你委屈，知道你是为了东方，可这毕竟是你私人的事，队里也没派你去啊。队里让你回来训练，你并没按时回啊，你说能不处分你吗？我当时都那么说你了，你还偏不回来。"

"我真回不来，当时那个情况，我怎么能撇下小乔一人回来？她一个女孩，很危险啊，再说又是东方的事，我能不管吗？换成你，你肯定也会这么做。"千山理直气壮。

"是，可能我也会，站在你的立场，朋友的立场，这事都没错，可站在球队的立场，你就是错了，你是领导你也会这么做。"张潜苦口婆心地说。

"错了！我要是领导我才不会这么做，你们有没有同情心啊？非把人往绝路上送！"千山语气激动。

"千山，你可不能这么想，你也是球队的老队员了，你应该成熟了，怎么还能说出这么幼稚的话？这怎么是把你往绝路上送，这是给你机会反省，让你把那段情绪过渡一下，再回来训练，这是领导对你的另一种关心，你要这么想！"

"我可没法这么想，我没你这么成熟。"千山愤愤地说。

"千山，你说你这种情绪怎么打比赛？训练都够戗。你出去这一趟，怎么情绪还没调整过来？你走之前我就跟你说过，队里也进新队员了，你这老队员得立出榜样，哪能人家一来就看你是这副德行，这哪儿行啊！"张潜继续劝。

千山气急败坏地说："那我退役算了，反正我年龄也大了，技术也跟不上了，态度又差，别带坏了新队员！"

“退役？你疯了吧，你才多大，你现在的年纪正是出成绩的时候，现在就退役，到时候第一个后悔的人就是你！我还不了解你，就知道说些气话。以前东方在的时候，你还挺像个老大哥的，怎么东方一走，你那些优点全没了？”

“是，我是暴露本性了，我就没什么优点，你们干吗动不动就拿我和东方比，有什么可比性？现在人都没了，还要比?!”千山吼道。

张潜看千山是真动气了，口气缓和地说：“千山，你也别生气了，让你停赛的事确实我也没想到，既然已经是这样的结果了，我们是不是就要面对？说那些气话我也不拦你，说完就完了。我知道你心里也难受，你这不还有我嘛，你也给我这老大哥一个面子，我都劝你这半天了，怎么越说气还越大了？”

见千山没吭声，张潜继续说：“我看停赛三个月未必是坏事，你干脆彻底休整一下，或者出国散散心，你看怎么样？”

千山一屁股坐到草坪上，仍不做声。

张潜说：“千山，我也是为你好。东方走了，队里急需要新人代替东方的位置，可你让新人哪能一下子就达到东方的水平，队里也着急啊。本来还指望你多带带新队员，你又……哎，千山，你也理解一下，大家站在自己的立场都不容易……”张潜坐到千山旁边，一脸无奈。

千山叹了口气，欲言又止。

“千山，我真的挺希望你能快点回到以前的状态，东方已经不在了，队里需要优秀的球员啊。千山，你要振作起来，我盼着你早点回到球场上。”张潜看着千山，认真地说，“其实我已经给你安排好了，这三个月你去韩国培训一下，学完了你就回来，你看怎么样？”

千山看了张潜一眼，意外中又有点感动，“你都安排好了，我还说什么。”

张潜拍了拍千山的肩膀，“千山，尽快找回状态，我等你回来并肩作战，东方也不愿意看到你现在这个样子。明天你就收拾一下，准备出发吧，那边我都联系好了。”

千山站起来，表情复杂地看着张潜。张潜拉着他就走，“回去吧，回家收拾收拾，到了那边好好训练，有事打电话回来，球队随时等你归队。”

千山点了点头，刚走了几步，他又回过头来说：“队长，有个事……还得拜托你。”

“有事你就说。”

“我走后，你帮我照看一下小乔。东方走后，她的情绪一直不好，有空你就去看看她。我一直怕她出事。”千山语气不流畅。

“放心，东方的事也是我的事，我会去看小乔的，你放心。”

有了张潜的这句承诺，千山这才慢慢走出了足球场，他走得无比沉重，两条腿像灌了铅，完全不听使唤。

张潜看着千山的背影，一脸惆怅。

晚上，千山给小乔打了电话，想约她出来见面。一走三个月，他不放心。

小乔拿起电话却说：“我最近挺忙的，没时间见面了。你快把账号发过来，我把钱打你卡里。”

千山一听这话，一股气蹿到了嗓子眼儿，“早说那钱不用你还了，你怎么还跟我提钱的事?!”

“你说不还是你的事，我要还是我的事。”小乔语速飞快，完全不照顾千山的情绪。

“小乔，我们能不能说点别的，钱的事我不想再提。”千山想发火，又不得不按捺住。

“好，那就不提了，我现在正加班呢，不跟你多说了，我再打给你吧。”小乔冷淡地挂了电话。

千山握着手机，脑子一蒙，去韩国的事，他还未开口，小乔却已挂断了电话。

千山泄气地把手机扔到床上，把刚刚整理出来的衣服狠狠一摔。

发泄一通后，他无力地瘫坐到床上，双手抓着头发，像抓一把乱草。

东方走后，千山别的没变，脾气是看涨，经常动不动就能气得自己脖子发青。

“我这是怎么了?”

千山挠着头皮，一脸铁青，连他自己也不明白怎么就变成这样了。

好不容易跟小乔的关系稍微缓和，到了北京却一落千丈，又跌到谷底。

到底要怎么做才能回到从前?

怎么做她才能原谅?

到底要怎么做?!

千山盯着天花板，满脸沮丧，无所适从……

小乔接到千山电话的时候，正为一件事闹心。

体育版最后一次采访，主任给她安排了一个实习记者。小乔看这女孩挺聪明好学的，又对网球在行，索性就把这次采访网球比赛的事全交给她了。

稿子出来小乔也未细看，匆匆一读，语句通顺，便签字发稿了。

偏又赶上复审的主任出差，小乔代签了字，就付印了。

谁知报纸出来，两个运动员的名字全搞错了。

编辑部立刻开了会通报批评。

主任是这样说的：“小乔，我知道你要调到别的部门，可你也得站好最后一班岗啊，你不能因为给了你一个实习生，你就大撒手什么都不管了，连稿子都不看就发稿了？”

小乔解释：“主任，稿子我确实是看了，就是因为对网球不熟悉，所以运动员的名字写错了我也没看出来，但我绝不是有意的。”

“当然知道你不是有意的，既然你对网球不熟悉，为什么不事前做好准备工作？现场采访你去了吗？”主任追问。

小乔不吭声了。

“小乔，即使你调到别的部门，工作的责任心也是必须要的！对工作不认真，你走到哪里都干不好，幸亏是在我们报社，大家比较照顾你，要是换个恶劣的环境，可能就因为你这个错马上把你开了！”主任义正词严的，说得小乔心里发毛。

“这件事我希望给你一个教训，这种错误我也希望你下次不会再犯了，谁家里都有私事，但不能因为家里的事就影响工作，对不对？”主任停了一下，说，“这个错误编辑部也不想追究了，按规定扣你这个月的工资，你没有意见吧？”

小乔在心里大大地叹了口气，却也不敢发作，只说了句：“我没意见。”

“好，你回去吧，下周社长会找你谈话，你有个心理准备。”

主任最后这句话让小乔心里一凛。

从主任办公室出来，正郁闷，千山就在这时候打来了电话。正好堵枪眼上了，小乔自然没好话，应付了几句就挂断了。

她知道只要一提还钱的事，千山就会恼火，可她偏要提。自从东方离开后，千山成了小乔的出气筒。只要什么话让千山恼了，小乔心里反而畅快些。

一个人坐在办公室里，小乔对着霓虹闪烁的窗外发呆。她也不知自己何时变得这般不通情理了，想象挂断电话后，千山快疯掉的表情，她自己也觉得有些过分。可她就是控制不住，只要对着千山，她无端就想发火。什么话最伤人，她就想说什么，从不顾及千山的感受。

窝在电脑椅上，小乔盯着电脑屏幕，一脸落寞。

她一边检讨自己，一边心里不痛快。白白地，这月工资又扣光了，如果东方在，今晚一定要让他陪着自己好好发泄一通。

如今有怨却是找谁诉？

千山，连做朋友都困难了；惜云，又远在美国；父母，更不能提一句扫兴的话……小乔突然间觉得孤单了。东方在的时候，何曾尝过孤单的滋味，现在除了孤单，就是心痛。

爱情、友情都失去的时候，女人还有什么精神支柱？

小乔慢慢梳理着痛苦心情，看了看表已过七点钟了。这才发现窗外暗下来了，小乔亦不想多虑，收拾东西回家好好睡一觉才是正经。

刚要关电脑时，发现 MSN 上惜云上线了。

小乔点了一下惜云，正巧惜云也给她发了一个闪屏。

两人心照不宣地网上拥抱了一下。

“你最近怎么样？”

小乔发了一句，惜云半天不回话，她向来打字慢。

小乔干脆给惜云发了语音通话，网上电话接通后，竟传来惜云的哭声，小乔吓了一跳。

“怎么了，惜云，出什么事了？”小乔问。

“小乔，我想离婚了。”惜云哭道。

“说什么呢，你不是怀孕了吗？怎么还想离婚？”

“我们的关系一直不太好，本来我想生个孩子可能会缓和我们俩的关系，谁知根本没用，他对我还是那样，永远怀疑我跟别的男人在一起，昨天他在我的电脑上看了以前我和千山的照片，又跟我大吵一架。”惜云哭得断断续续。

“天哪，不会吧，你是孕妇啊，他不知道要照顾孕妇的情绪吗?！再说那都是过去的事了，他还这么计较?”

“他就是这么小心眼，我跟千山的事从没瞒过他，只是那些照片我舍不得删。他就说我旧情不忘。结婚前我还以为他在美国生活那么多年应该挺大方的，没想到他骨子里的东西一点儿都没变。我跟邻居打声招呼他都不愿意，说我对那个老外有兴趣，你说这种生活谁受得了……”

“惜云，你先别哭。”小乔想了想说，“要不你把你父母接过去，陪你住一段，怀孕了总得有人照顾你。”

“他们不肯来，再说他们身体都不好，坐那么长时间的飞机我也担心。”

“那怎么办？你们也不能这样下去啊。那你跟他好好谈谈，吵架这种事需要沟通，你向他解释清楚了，他也就不计较了，再说他比你大那么多，也该让着你啊。”

“头半年什么都让着我，后来就不行了，永远疑神疑鬼的，有时白天他还要打电话来问我在家干吗，生怕家里有别的男人。他总怀疑我和千山还没断，查我的电脑、电话……这种日子还怎么过啊？这孩子我真不想要了！”呜呜的哭声时断时续。

“别说傻话，你们吵架也不能拿孩子出气啊。孩子是无辜的。”

“小乔，我心里难受啊，当时结婚的时候太冲动了，其实我们根本不了解，我们认识一个星期就结婚了，你说能有什么了解啊！都怪我当时昏了头了，其实我就是想气气千山，我想让他后悔……”惜云呜咽道。

“惜云，你怎么能这么想啊，最后难受的还不是你自己?”

“怎么办？小乔，我想回到千山身边，我想他，我不想要这个孩子，我要离婚——”惜云激动地说。

“惜云，你冷静点，我觉得事情还不至于那么严重。其实我觉得你老公是有点自卑，你想，他大你那么多，你又那么漂亮，他肯定担心啊。但这也说明他在意你，他怕你离开他，只是他现在用的方法不对。你应该跟他好好谈谈，让他放心。”

“我不想跟他谈，看着他就烦。都怪我太幼稚，以为有了孩子就一切都改变了，没想到反而是害了我自己。”

“惜云，你现在说的是气话，生气的时候千万别做任何决定，不然你还会后悔。你听我的，好好照顾肚子里的孩子，孩子是无辜的，这也是你的选择，你先平静两天，我想你老公也会平静下来，到时你们好好谈谈，没有什么大不了的事，夫妻哪有不吵架的？”

“小乔，可我真的很想千山啊，怎么办？我想回来一趟，我想跟他见面。”

“你疯了，惜云，你清醒一点儿，你现在最重要的是要照顾你肚子里的宝宝，其他什么都不要想，别做傻事！”小乔急道。

小乔几乎是劝了一个钟头，总算打消了惜云想回来的念头。

劝别人，都是有条有理的，可劝自己，永远没有理智。

关了电脑，小乔身心疲倦。自己的事还未开口，倒给惜云充当了心理医生。

小乔耷拉着脑袋，抱着双臂，头重脚轻地走出报社。风再大些，就能将她吹倒了。

又是一个寒冷的夜，一个人的冬天怎么过？

19

一个月后，小乔调入了娱乐版。

社长找小乔谈了话。

谈话那天，小乔早有思想准备，所以她一言不发，全盘接受。

可当社长说："小乔，娱乐版的张燕正好休产假，你调过去接她那摊儿吧。你以前也在娱乐杂志做过，做起来应该会很顺手。"

小乔心里针扎似的一阵刺痛。

她最烦娱乐圈了，应付那些不着调的明星，她宁肯在家睡觉。

一想起以前在《娱乐明星》杂志实习的那一段，她就觉得天昏地暗。

那时她上大四，刚开始觉得娱乐圈挺风光挺新鲜的，可做了几个月下来就觉得恶心了，那些为了出名不择手段的女明星，还有那些化妆品多过女人的男明星，真叫人反胃。

每天面对这样一群人，真是一种煎熬。

可谁让自己放话了，哭着喊着要换部门，现在给你换了，还说什么？

说了是白说，说一句都是多余。

小乔强打精神收拾自己的办公桌。

接下来的生活难以想象。自怨自艾又何用？既然东方的死都能接受了，还有什么事不能接受的？

小乔拿起桌角上与东方的那张合影照片，相框上已落了一层土，她用手指小心地擦试。一滴泪啪地掉在上面，小乔再擦，玻璃模糊起来，弄花了两张脸……

娱乐版的工作接手后，连着两个月，小乔几乎天天在约稿、写稿、采访、参加各种发布会中打发时间。

忙得晕头转向，却也充实，至少没有时间去怀念悲伤。

两个月后，小乔去拜访了一个人。

一直要去拜访的，拖了两个月才成行。

那天正巧路过市医院，小乔去见了李主任。

见面后，小乔把石家庄、南京、济南一路的行程点滴娓娓道来。

说到动情处，小乔泪盈于睫。

李主任也红了眼圈，他被小乔的真情感动。

分别时，李主任告诉小乔一个最新情况，对他来说，这是唯一能帮小乔的地方。

小乔听闻立刻转悲为喜，像打了兴奋剂一样，握着李主任的手连连道谢。

又有了东方的消息！小乔咧开嘴灿笑，苍白的脸上溢出喜气。

好久未这样开怀地笑了。

当晚，小乔就打了电话，说明了前因后果，想约对方见面。

可惜，那位姓沈的先生人不在北京，要到月底才回来。

小乔恨不得即刻请了假赶过去，可惜假期早已用掉，刚调入新部门，再请假亦不妥。

小乔只好在电话中表示想尽快跟他见面，请他一回北京就打电话联络。

放下电话，小乔心里突突地跳。

又一个与东方有关联的人出现了，这是怎样一种心情！

“东方没有死，他只是换了一种方式活。”

小乔想着，刹那间，仿佛所有的忧伤都蒸发了。

“东方还活着，还活着!”小乔心里一遍遍默念，因为有了这个期待，凌乱的心倏地变得安宁了。

那晚小乔心情好到主动给远在苏州的父母打了电话，报了平安，说了近况。

听到女儿雀跃的声音，母亲也放下心来。

女儿数月不肯通电话，偶尔发来短信，寥寥几句，悲伤隐喻在字里行间。

母亲一直揪着心，她了解小乔，从未受过挫折的她，怎能担得起这样的打击。

跟老伴商量一起来北京看女儿，小乔却不肯，谎称自己出差。她不愿意父母亲看到她如此憔悴不堪的样子。

那个样子她自己看了都会恐惧。

电话聊了大半个钟头，他们不提一句东方。

谁都避开那个伤，难得愉悦的气氛彼此珍惜。

夜晚，一觉到天明，无比踏实。东方没有来，整夜无梦。小乔明白，东方如炬的目光很快就会重现，多好!

千山在韩国已进行了两个多月的培训。这期间，没有小乔的任何消息。

给张潜打过几个电话，都是汇报工作。

最后一次电话，千山忍不住问了小乔的近况。

张潜说，发过短信，小乔只是礼貌性地回复，并未说其他。

千山也不多问了，他明白多问也无益。

还有一周就可以回国了，千山趁周末到街上买了些东西。他记得以前小乔迷韩剧，总说韩国衣服好看，千山让导购小姐帮着挑了几身最时髦的。

他不知道小乔会不会喜欢，他胡乱买下。每件衣服往镜子前一比，小乔的轮廓就出来了，样子好看，穿什么都不会差。

导购小姐以为他买给女朋友，特意夸他心细。

千山讪笑，心里微酸。

想着小乔怒目相对的样子，这酸又深了一层。

就在回国的那一天，在韩国机场，千山意外地遇到了一个人。

他死也没想到，那个戴着墨镜冲他打招呼的女人竟会是孟惜云！

他们在机场餐厅里谈话。两个人的样子都不轻松。

“你怎么会来韩国？”千山开门见山地问。

“来找你，我知道你在韩国训练。”惜云平静地说。

“……”千山一时语塞，他朝惜云的腹部打量，意外发现惜云的身材没有任何变化。

“你不是怀孕了吗？”千山问。

“是，后来流掉了。”惜云的脸像一张白纸。

“流产了？怎么这么不小心？你老公没在身边照顾你吗？”

“我们吵架了，我从楼梯上摔下来。”惜云说得极慢，千山从未听她有过这样绝望的语气。

千山沉默了，一时不知说什么好。

“这件事小乔知道了？”想了想，他问了这一句。

惜云摇摇头，“还没来得及跟她说。”

千山沉吟一下，说：“……那你现在身体怎么样？还好吗？”

惜云没有答，却说：“是不是还惦记着小乔？”

千山眉头一皱，“你又来了，我到韩国就没跟她联系过。”

“是没联系上吧。”惜云盯住千山的眼睛。

“惜云，你能不能不用这种语气说话，我知道你流产了，心情不好，我也不想让你动气。”

“千山，我大老远从美国飞来找你，难道你就一点儿不感动吗？还一张口就跟我提小乔？”惜云的眼泪凄怆流下。

千山脸色沉下来，女人流泪的时候，他总是驾驭不了这场面。

沉默了好一会儿，千山说：“惜云，你来看我我是很感动，可我们已经分手了，你已经跟别人结了婚，你懂不懂，你现在是有老公的人了。”

“我可以离婚，千山，我们重新开始好不好？”惜云抹一把眼睛。

“惜云，你清醒一下，我们是不可能的。”千山正色道。

“怎么不可能？我们在一起的时候不是很好吗？都怪我当时向你逼婚，我知道我傻，我现在不会了，我可以等你，千山，你说什么时候，我都可以等你。我已经跟他谈离婚的事了，现在我们已经分居，只差办手续了……”

千山打断她，“惜云，你在胡闹吧，结婚是儿戏吗？你想结就结，想离就离？”

“可我爱你啊，我忘不了你，结婚我是在堵气，结婚第一天我就后悔了。千山，我想跟你在一起，我根本不爱他……”惜云的泪大颗滚落。

千山紧抿着嘴唇，无措。

机场的广播响起，乘客陆续站起来开始办登机手续。

千山说：“我现在要进去办手续了，要不你在韩国玩几天，我让这边的朋友带你转转。”

“我要跟你回去，你到哪儿，我就到哪儿。”惜云坚定地说。

千山无奈地看着她，心里发麻。

他狠不下心把惜云甩下，可带惜云回北京又算什么？

以前没发觉惜云如此疯狂。女人疯狂起来，只会令男人愈加胆小。千山自认不是胆小的人，可这一次，他胆怯得只想息事宁人。

就在千山回国的那天，小乔接到了沈先生的电话。

这个盼了许久的电话，令小乔心里一振。

小乔让对方选了见面地点，她火速赶去。

是一家装潢别致的茶吧。小乔刚一进去，一个中等身材、约摸三十上下的男人在窗边的位置上站了起来，冲她笑着摆摆手。

小乔径直走过去，“请问你是沈先生？”

对面这个面孔瘦削的男人朝小乔伸出手，“是，我叫沈明。”

小乔微笑着握了握他的手，“你好，我叫楚小乔。”

“你好，楚小姐，这是我的名片。”男人很有礼貌，不宽的肩膀称得西装垫肩很厚。

小乔接过名片坐下，上面写着一长串公司的名字，旁边写着“经理”二字。

“看不出你这么年轻已是经理。”小乔恭维道。

“小公司创业而已，原来一直是我哥哥在做，我眼睛好了以后，他就放手交给我了。”沈明目不转睛地看着小乔，“刚才楚小姐一进来，我就认出是你了。”

小乔分明感觉到了那目光中的热度，“沈先生以前见过我？”

沈明笑了，“见过你的照片。”

小乔有些疑惑地望着他。

他打开手里的一本杂志，上面登着小乔和陈东方的照片。

小乔这才明白。

沈明望着小乔，很斯文的样子，“你本人比照片上还要漂亮。”

小乔有些尴尬地笑了笑，“谢谢。”

“看你的长相应该不是本地人吧。”

“噢，我家是苏州的。”

“怪不得呢，看你长得如此清秀，原来是苏州美女啊。”

小乔脸色发窘，尴尬地一笑。

侍应走过来，给小乔上了一杯咖啡。

小乔有些意外，“茶吧里怎么还有咖啡啊。”

沈明笑道：“是我专门为你点的。”他指了指杂志，“杂志上说你最喜欢喝卡布奇诺。”

小乔哑然失笑，“噢……谢谢。”她的视线停留在那本杂志上，她与东方的合影正是办公桌上的那张。

沈明忽然凑近小乔，说：“可以请求你一件事吗？”

小乔一惊，抬头看着他。

沈明说：“请不要再对我说谢谢。好吗？”

小乔望着他，那眼神让她心慌。是东方的眼神吗？

沈明接着说：“我的手术很顺利。重见光明后，除了我家里人和医生护士，我第一眼看见的人就是你。很荣幸，也很幸运，我移植了陈东方的眼角膜。重见光明后，护士就把这本杂志给我看，我很感激陈东方。我也说不清为什么，第一眼看你的照片，我就有一种亲切感，好像我们已经认识多年。”

沈明用热辣辣的目光望着小乔。

小乔把自己的目光掉转开，望向窗外。过了一会儿，她转回目光，发现沈明还在微笑着注视着她。

小乔解释道：“沈先生，我想你可能误会了，我打电话约你见面，是因为你移植了东方的眼角膜……”

沈明一直微笑着望着她，那眼神像一把火炬，烤得小乔脸上发烫。

“……只是因为这样，我想看看你手术的结果……”

“手术很顺利。”沈明始终保持微笑。

“是，看起来好像很不错。”小乔硬着头皮接了一句。

沈明说：“对于陈东方的事情，我感到非常遗憾，但是，我移植了他的眼角膜，所以他的眼睛还活着。”他指了一下自己的双眼，“你看，它们正望着你呢。”

小乔凝视着沈明的眼睛，一阵恍惚。

“陈东方一定很爱你，他是不是常常这样望着你？”

小乔笑了笑，随即又摇了摇头。

“我现在拥有了陈东方的眼睛，也拥有了喜欢你的目光。”沈明说得饱含深情。

小乔骇笑一声，忙道：“沈先生，你真的误会了。”

沈明肯定地回答：“我没有。”

小乔一时不知说什么好。

沈明又道：“你相信一见钟情吗？”

小乔的脸色有些变了。

沈明自顾自地说：“我相信。真正的爱情都是从第一眼就确定下来了的，况且我现在拥有的是你的爱人陈东方的眼睛……”

小乔忽地站起来，冲侍应做出结账的手势，“对不起，沈先生，刚想起来我还有点事要办，我得先走了……”

正欲掏出钱来，沈明马上拉住了她。

“请等一等，结账的事肯定要我来……”

小乔想甩开沈明的手，却没有甩动。

“那好吧。”

沈明这才把手松开，“不好意思，刚才我是不是冒犯楚小姐了？”

小乔脸色一沉，“对不起，我真的有急事，我先走了。”

沈明立刻追上一步，“等一等，我还有些话想说，能否请楚小姐听完再走。”

小乔微愠道：“沈先生，我来这里，是为了看东方的……不是来和你谈情说爱的。”

沈明说："可爱情常常是不由自主的，我失明了两年，当我再一次见到这个世界时，我幸运地看见了你……"

小乔强硬地说："请你不要用这种语气和我说话。我们只是陌生人。要不是因为东方的眼角膜，我们根本不可能见面。"

"既然现在我们已经认识了，这就是缘分，难道我们不能做朋友吗？"沈明温柔地说。

"可以做朋友，也请你掌握朋友之间说话的分寸。"小乔抓起包就走。

沈明在后面喊："楚小姐，楚小姐……请等一等，我还有话没说完呢……"

那声音引得其他顾客朝他看过来。

小乔飞快地走出了茶吧。

晚上回到家里，小乔仍然心神不宁。

这次见面的场景颇有戏剧性，打破脑袋都不可能想到。

那黑黑的睫影、那如炬的眼瞳、那炽热的目光究竟是那个陌生男人的，还是东方的？

小乔不安地思索着，沈明的眼睛和东方的眼睛朝她交替看过来，幻景一般。

20

第二天上班，小乔在等车的空当儿，无意中看到一个女人。

似曾相识的背影，瘦瘦高高的，一头大波浪卷发，像足了惜云。

离得远，无法细看，仿佛比惜云憔悴，看着比她略大几岁。只见她手里拎着一袋面包，看样子像是出来买早点。

应该不是惜云，她在美国，况且她应该是挺着大肚子，而眼前这个女人完全没有怀孕的迹象。

小乔一脸疑惑地上了车。

到了办公室打开 MSN，惜云不在线，她留了言给惜云：你最近怎么样？孩子还好吧，好久没看到你上线了。

一整天，小乔都心神不宁的，那人太像惜云了，怎么会有如此相像的两个人？

下午四点钟，小乔坐不住了，她忍不住给千山打了电话，竟然关机。

接着又给张潜打了电话，无人接听。

小乔放下电话，就直奔千山的球队。急性子最怕等，那人太像惜云，她不能等，她要知道真相。

刚进大门，就碰到了张潜。张潜告诉她千山在球场训练。

看小乔火急火燎的样子，张潜说：“是不是有急事？我带你去吧。”

小乔点点头，跟着张潜直奔球场。

张潜冲操场对面喊过去，“千山，有人找你——”

一头额汗的千山马上看到了球场边的小乔，他一惊，立刻向她跑过来。

“小乔，你怎么来了？”

小乔刚要开口，千山又说：“你是来还钱的吧，告诉你这钱我可不要。”

小乔真的从包里拿出一个信封，“这钱你一定要收，不然我心里会不安。”

“这是我为东方做的事，跟你没关系。”

“你就拿着成不成？你就不能让我心里好受点吗？!”小乔大声

地说。

千山看了一下四周，队友的目光正朝他看过来，他只好说："好，那我收着，就为这事你特意跑来？是不是还有别的事？"

小乔这才说："早上我看见惜云了，不知道是不是我眼花了，可是太像了，我觉得我不太可能看错，可那女人没怀孕，又好像不是……你最近跟惜云联系过吗？"

千山吞吞吐吐地，不知如何作答，"……应该不是她吧，她在美国啊。"

"我也奇怪啊，她怎么回国了？回国也没跟我联系，而且她怀着孕不可能到处乱跑啊……"

"那应该不是她吧。"

千山不自觉地在小乔面前撒了谎，没有事先计划，却脱口而出，面不改色。

他怎么肯让小乔知道，此刻惜云就住在他家里。

"有空你也和惜云联系一下，上次我们俩通话，她心情不太好，一会儿又想离婚，一会儿又不想要孩子了，你也劝劝她。你的话她可能会听。"小乔换了种语气。

千山点了点头，忽地，他又想起什么似的问："对了，那天我跟李主任通了个电话，东方捐眼角膜的那个人，找到了吗？"

"找到了。"小乔并未露出欣喜的表情，反而似有一丝顾虑。

千山追问："怎么样？见了吗？"

"他的视力恢复得很好。手术很成功。"

"那就好。"千山脸上表情一松。

"那……我先走了，你接着训练吧，不耽误你了。"小乔要告别。

刚走几步，千山从背后问："还要继续找吗？"

小乔回过头，淡淡一笑，"不知道……等李主任的消息吧。"

那笑中是带着苦涩的，千山看得出来。

睨着她的背影，久未挪步。

这时张潜从身后走过来，“小乔没事吧？”

“没事，她来还钱。”千山抬了抬手中的信封。

“看她总是忧心忡忡的样子，也挺不容易的，东方的事对她打击不小。”

张潜话落，千山的心一揪。

面对小乔的时候，他的心永远是被揪着的。

再想起惜云的事，浑身的力气一下子被抽走了。

张潜拍了拍千山的肩膀，示意他继续训练。

看着千山耷拉着脑袋走回操场，张潜轻轻地叹了一口气。

千山回到家里，愁云惨淡地坐在沙发上抽烟，他担心惜云的事瞒不久。

惜云迎面却问：“今天我帮你收拾行李，发现有几件新买的女装，好像是韩国买的？”

千山先是一愣，而后微愠道：“你怎么乱翻我东西？”

“你怎么这么没良心啊，我好心在家帮你收拾了一天屋子。瞧你这儿脏的，多久没人收拾了。”惜云愤愤地说。

千山的声音软下来，“那是同事托我带的。回来一忙，忘给他们带过去了。”千山不自然地翻起一份报纸。

“你们球队还有女的？”惜云走进厨房，端出一盘菜。

“他们托我给女朋友买的，行不行啊？”千山的声音又扬上来。

“不是给小乔买的吧？”惜云把汤放到餐桌上，看了一眼千山。

“……”千山喉头一阵发紧，“你别胡思乱想行不行啊？”

“你放心，就算是你给小乔买的，我也不生气。”惜云把筷子摆好，面上并不恼。

“真的是给别人带的，你要喜欢，送你好了。”千山改了语气。

“我试过了，号偏小。”惜云不动声色。

千山哑口无言。他仿佛在酝酿什么，手里拿着报纸，眼睛却不在这上面。

惜云的声音自厨房传来，“别抽烟了，吃饭了，还差一个凉菜，马上就好。”

沉默了好一会儿，千山放下报纸走到厨房门边说：“明天我帮你买机票吧。”

惜云忽然停下来，“怎么，才住了几天，你就赶我走？”

“你老住我这儿也不是办法啊，你是有家的人，惜云，你应该回到丈夫身边。”千山神情严肃。

惜云把凉菜端出来，只当没听见千山的话。

她倒了两杯啤酒，“吃饭吧，今天我给你做了红烧鱼，还有排骨汤，都是你最爱吃的。”

“惜云，我说话你听见没有？”

“你能不能吃完饭再说！”惜云的声音尖刻起来。

千山不说话了，闷头吃起饭来。

默默吃了一会儿，惜云温柔地问：“好吃吗？”

“嗯。”千山点点头，他只看着菜，避开惜云的眼神。

“来，干杯！”惜云举杯跟千山一碰，一饮而尽。

她又斟满一杯，继续喝。

千山默默地喝酒吃菜，一言不发。

喝得差不多了，惜云说：“以后我每天给你做好吃的，就像今天这样，好不好？”

“惜云，这不是你的家，你的家在美国，我明天给你买机票。”千山脸色一整。

惜云把筷子一扔，“我不走。”

千山走到惜云身边，“你这是干什么，惜云，别耍小孩子脾气。”

惜云一把把千山抱住，吻起来。

千山推开她，“惜云！”

惜云不理会，一下子把上衣脱了，露出黑色的胸罩。

千山背过脸去，“你这是干什么。”

惜云把胸罩也脱了，抱着千山的后背，不肯松，“千山，我爱你，我要跟你在一起。我真的不想回去。那个家是噩梦，我再也不想回去。”

“惜云，你别耍小孩子脾气，你不能这样……”

惜云只抱着他，不断地吻他的脖颈，他的耳朵。她转到千山的前面，接着吻他的胸口，他的下巴，他的唇……

千山一把将惜云按到沙发上，热烈地吻起来，他是男人，他经不住惜云这样……

跟旧情人上床，就像喝一杯凉咖啡，不在追求味道，只为解渴。

只是惜云不这么想，她把凉咖啡当热咖啡一样喝。

小乔跟千山分别后，本想回报社把昨天的采访整理出来。

刚坐了两站地，小乔就下了车，又坐上了反方向的车。

一天精力都无法集中，回到办公室也是白搭，照样颗粒无收，还不如直接回家。

昏昏欲睡地下了车，刚进楼道，就听见有人喊她：“楚小姐……”

仔细一看，一个男人正站在她家门口，怀里抱着一束红玫瑰。

竟然是沈明。

“楚小姐，我特意来找你……”

小乔愣住了，“怎么是你？你怎么会找到这儿来的？”

沈明冲小乔一笑，“有心想知道，什么都能知道。”

小乔正色道：“你找我有事吗？”

沈明说：“没事就不能见面了吗？”

小乔不悦道：“要没什么事请回吧，我要休息了。”

“看来今天楚小姐比较累了，其实我来是真的有事想跟你谈。要不我们出去坐坐，找个地方聊聊？”沈明一副认真的样子。

“就在这儿说吧，我不太想出门了，今天真的很累。”小乔应付道。

“在门口说不太方便吧，要不咱们进去说话？”

“进去会更不方便，就在这儿说吧。”小乔坚持。

“这……那好吧，我是想说……你能不能做我女朋友？”沈明温和地说。

小乔愣住，心里又觉得好笑。

“楚小姐，我是认真的，自从我第一眼看到你，我就认定你了，你就是我一直渴望交往的女孩！”

小乔刚要发作，可看到沈明的眼睛，她又把话咽了下去。

“噢，这花是送给你的。”说着，沈明把怀中的一大把红玫瑰硬塞进小乔手里，“我就是专门来给你送花的，杂志上说你最喜欢的花就是红玫瑰。”

小乔看了看手中的花，无奈地说：“好，这个我收下，没有别的事就请回吧。”

“那你是答应做我女朋友了？”

小乔按压住不耐烦，“沈先生，我已经说过好多次了，你是误会了，我是东方的女朋友，请你搞清楚。我今天真的很累，我想休息了。”

沈明微笑道：“好吧，那我就不打搅楚小姐休息了，我们改天再聊！”

沈明边走边冲小乔摆手。

小乔无趣地摇了摇头，开门进了房间。

这个沈明，有了东方的眼角膜，就变成这样了。难道真的是东方……来看我了？

小乔慢慢地吁出一口气，疲倦地躺到沙发上。

要是换作以前，遇到像沈明这样的男人，小乔早就拒之千里了，可现在他是跟东方息息相关的人，小乔却不忍无礼了。

喜欢一见钟情的男人大多没有那么长的耐性，冷淡他几次，自然就会收手，这样亦不得罪人，反而比撕破脸好。

再说那是东方的眼睛，不该怒目相对才好。

小乔把红玫瑰插起来，仿佛这花是东方送来的，正散发着郁郁的芬香。

第二天傍晚，沈明竟然又准时出现在小乔的楼下，手捧着同样的红玫瑰，一脸幸福地等待。

小乔看到这一幕，恨不得脚下生风，立刻跑掉。

“楚小姐，今晚你有没有空，我正好路过你这里，晚上我们一起吃饭？”沈明的微笑跟昨天一样，连头型、衣服都没变。

小乔恍惚觉得是昨日重现，一时有些错乱。

“晚上我约人了。”小乔客气道。

“那我可以等，你完事了，我们再找个地方坐坐。”

“今晚真的有事，可能会很晚。”小乔看着沈明，打不起精神。

“那……好吧，我再约你吧。那你先忙，我先走了。如果晚上你有空了随时打电话给我，我手机是二十四小时开机的。”沈明执著地说。

“好。”

目送沈明开车离开，小乔这才松了一口气。

看他会坚持多久。

在东方之前，追求者不外乎是送花盯人，四五次便失踪了。无一长性。男人不外乎如此，感情来得快，得不到回报时，消失得更快。

女人被一个不喜欢的人追求，并无幸福感。

打开房门，又是一间空屋子。

这样的生活要到几时？

宁肯打发走喜欢你的人，独守空房子，让寂寞把自己撕碎，也好过敷衍。

真是个固执的人。

同样固执的人还有千山。

他正想办法说服惜云，让她离开。

两个人坐在餐桌对面，气氛僵持。

千山手里拿着一张机票，他的语气低缓，甚至有些哀求，“惜云，机票给你买好了，总在我这里住也不太合适……”

惜云不接，侧着身，面孔拉下来，“我不走。”

“惜云！我不跟你开玩笑，过两天我们要去昆明比赛，一去就是十多天，你在我这儿住真的不合适。”千山急道。

“你去你的，我在这儿等你。”惜云铁了心。

“那你一个人待在这儿有什么意思啊？”

“我可以找小乔啊，她可以陪我。”

“小乔刚换了部门，忙得很，她哪有时间陪你。”

“你怎么知道她换了部门，你怎么知道她没时间陪我？”惜云声音上扬。

“……”千山一时噎住，停了几秒，他说，“好，那随便你吧。”

说完，他开始收拾衣服，往箱子里整理。

“你这是干什么?”惜云问。

“你不走，那我走。”千山拎起箱子就要走。

走到门口被惜云叫住：“郑千山!”那声音如针刺耳膜。

“为什么？为什么这样对我?!”惜云吼道。

千山不说话，直直地立在门口。

“讨厌我了是吗？不爱我了是吗？为什么昨天还要上床?!”

千山不想听了，开门便走。

“郑千山！我恨你!”说着惜云拿起桌上的机票撕了个粉碎。

千山没有回头，以最快的速度冲下楼。

房门重重地一关，像是给惜云一记耳光。

泪喷涌而出，惜云瘫坐到地上，失声恸哭。

她不明白千山为什么变得如此绝情。

头一天还做爱的男人，第二天却要赶她出门，全世界的男人都变成这样，郑千山也不该啊。

惜云心碎地哭着，从未绝望到这番境地。

从分手到结婚，到怀孕，到流产……即使再痛苦都觉得不是绝路，有千山在，最坏的时候都有退路。

如今千山把希望毁了，要怎么活?

自己爱的男人发狠，会将女人置于死地。

哭了几个钟头。惜云稍稍恢复了理智。

她简单收拾了行李，这个地方再待下去，尊严都没了。

当她出现在小乔家门口的时候，吓了小乔一跳。

“天哪，惜云，你怎么来了？你这是从哪儿蹦出来的?”

惜云整个身子要倾过来，再不扶她就要倒下。

“你这是怎么了?”小乔赶紧扶她坐到沙发上。看她双目红肿，已是个泪人。

更让小乔吃惊的是惜云平坦的腹部。

“惜云，孩子呢?!”

惜云早已泪如泉涌，一把抱住小乔的肩膀哭起来，“孩子没有了，千山没有了，希望没有了，什么都没有了……”呜呜的哭声弄得小乔手足无措。

“惜云，到底发生什么事了？孩子怎么会没有了？千山又怎么了，跟他有关系吗?”小乔急道。

惜云只顾自己发泄地哭，她不想再重复一遍那个故事，此刻，她只想找个人哭个痛快。

“你是不是早回来了？那天我在马路上看到的人就是你，没错吧?”小乔语速极快。

惜云点点头，她已哭到没有力气说话了。

“你去找千山了？你为了他做掉了孩子?”

惜云摇头。

小乔一下把惜云推开，“是千山搞的吧？你不用替他瞒着，我现在就去找他!”

“小乔，别去——”惜云总算开口了，“不关他的事，都是我自己……”

“还替他说话。”说着小乔拿出手机要给千山打电话。

惜云按住她，“小乔，你听我说，真不关他的事，我们完了，再不会联系……只是孩子没有了，都是我的错，我保护不了自己，也保护不了孩子。孩子是意外流产……”惜云哭着，把一连串的事情都说了出来。

小乔听着慢慢平静下来。

这个故事里没有对错，什么事跟爱扯上关系，都辨不了是非。

小乔抓起惜云的手，紧紧一握。她想让惜云坚强一点，振作起来，她想劝，却又想不出更好的语言。

这又该如何劝?

当初要分手的是惜云，毅然嫁去美国的也是她。怀孕是她，流产是她，埋怨千山又何用?

赌气找了一个不爱的男人结婚，麻烦事就会接踵而来。

小乔看着怀里苍白哀伤的惜云，想不出能立即奏效的方法替她化解。

那一夜，两个女人都无法入睡。

惜云平静了许多，眼睛依然肿胀，女人悲伤时哭起来恨不能搭上命，除此之外，再无办法。

她们并排躺着，各怀心事。

酝酿了许久，小乔还是劝惜云回美国，“……一日夫妻百日恩，没准儿你老公也正后悔，盼着你早点回去，吵架的时候说的什么狠话不算数的，冷静下来肯定都会后悔。再说，他又比你大那么多，肯定会先让步的。我觉得你还是应该回去，躲到这边也不是办法，回去面对面地谈清楚才好……没有过不去的坎儿，你看我，东方没有了，我不还是活下来了……”

惜云静静地听着，忽然她把身子侧过来，看着小乔说：“小乔，你觉得千山怎么样?”

小乔一愣，不明白惜云的话，“什么怎么样?你还想着他啊?算了，你就忘了他吧。他都那么绝了，要是我肯定不回头了。”

“你觉得你会喜欢千山这样的男人吗?”惜云喃喃地问。

“我?”小乔一笑，“我怎么可能喜欢他呢，我只喜欢东方那一型的，这你还不知道。惜云，你别以为你喜欢千山，全世界的女人都应该喜欢他，我可没觉出他有什么好，让你这么神魂颠倒的。”小乔停了一下，又说，“既然你这么爱他，又跑去跟别的男人结婚，我真搞不懂你。”

“小乔，如果千山喜欢你，你会怎样?”惜云仍是那个表情，似哭非哭，又静得吓人。

“惜云，你哭糊涂了吧，千山怎么可能喜欢我呢？你想什么呢？”小乔声音高了八度，“他只喜欢像你这样身材高挑、长发披肩的女孩，像我这种头发永远长不过肩、一脸婴儿肥的女孩他怎么可能喜欢?!”

“那他为什么拒绝我？他肯定是心里有了喜欢的人啊。”惜云怔怔地说。

“惜云，我看你真有点走火入魔了。算了，别说这些无聊的事了，你好好睡一觉吧，醒来你就都明白了。”

小乔打了个哈欠，做出很困的样子，佯装睡去。这种话题扯开，将永无休止。

惜云看着似睡非睡的小乔，又觉无趣。

她也平躺下，却不肯闭上眼睛。话只能点到为止，再往深里说亦尴尬。

她隐忧地看着天花板，那份不安是小乔绝对想不到的。

当男人变了心，受伤的女人永远要怀疑另一个女人的存在。

这个被怀疑的女人总是近在眼前，远在天边。

男人的变心，不是一定要和女人扯上关系，但惜云知道，千山的变心一定是因为别的女人。她有这样的直觉。

偷偷看了一眼小乔，她睡着的样子也是甜美的，千山又怎会不动心？

惜云辗转难眠。

回想千山看小乔的眼神，更令她惶然。

女人的直觉哪会有错？

错的是男人不该给女人这样的直觉。

头痛欲裂。一头额汗。

两双黑漆漆的眼睛在黑暗中逡巡，女人的心绪总是在夜里更加敏感。幸好第二天太阳会照常升起，对每个女人都公平。

21

酒吧里弥散着轻音乐，零星的男女把酒言欢，好不热闹。

唯有角落里的紫衣女人低眉敛首，一派凄凉。

孤身饮酒的女人都有一肚子的心事。

男人喜欢借酒消愁，其实女人也一样。

惜云很少穿紫色，今天的她落寞又特别。

已决定离开了，可越接近离开的时候，那种心情是说不出的沮丧。

不是心甘情愿离开的，这种沮丧又更深了一层。

长发高高盘起的惜云隐没在酒吧里一对对陌生的情侣中，更觉得孤寂。

喝到尽情处，惜云把紫色外套脱下来，露出大大的 V 字领和若隐若现的乳沟。

果然一个男人坐到了惜云旁边。

“我能陪你喝一杯吗？”

是个穿黑西装、皮肤白净的男人，看起来很年轻。

男人不算难看，甚至还有一点点英俊。可他打动不了惜云。

“请你喝一杯，酒钱你付。”惜云半开玩笑地说。

“绝对没有问题。”男人露出了魅惑的笑。

男人一饮而尽，又要一杯。

“这酒是要慢慢品的，莽夫才一口喝掉。”惜云轻笑。

“不管怎么喝，开心最重要。你看起来不开心。有心事吗？”男人想讨惜云欢心。

惜云一笑，“怎么，想关心我？”

“不可以吗？这么漂亮的女人怎么可以不开心。”

“不用嘴甜，我不吃这一套。”

男人喝了一小口，微笑，“很有个性的女人。”

惜云故意做出荡女的样子，“你是想喝酒呢，还是想跟我开房？”

“……我只是想让你开心。”男人微笑着，那笑意并不善。

“你哪儿看出我不开心？”

“我看了快一个晚上，你酒量不错，千杯不醉。”

惜云故意把手搭在男人肩上，红指甲在他脸上蹭，“今晚我很开心，你多虑了。”

男人抓住惜云的手不肯放，脸凑过来想亲她。

“你干什么你！”突然一个女人从背后把他揪起来。

男人一惊。惜云也吓了一跳。是小乔。

“你想打她主意啊？她是我女朋友，你听清楚了没有?!”小乔冲男人一凶。

男人立刻溜掉了，一句话都没有。

“哎，别走啊，买单！”惜云不客气地。

男人讪讪地把钱扔到桌上，狼狈地走开。

男人一走，小乔就把惜云拉出酒吧。

“你疯了吧，跟陌生男人搭讪，万一出点事怎么办？幸亏我来得及时。”小乔喘息未定。

“能出什么事啊，我都是结了婚的女人了，还怕这种小男生。”惜云腿脚发软，往小乔身上靠。

“你看你，明天就要飞了，今天还喝那么多酒，当心在飞机上不舒服。”

“小乔，我真的不想走，我想见千山，你帮我给他打个电话好不好？”惜云醉了。

“别说这些傻话了，那个千山有什么好，别再提他了。”小乔扶着惜云，一边招手打车。

“你不懂，我爱他你知道吗？就像你爱东方一样，如果东方不要你了，你会怎么样？你也会像我一样的。”惜云清醒地说，“快把你手机借我，我要给千山打电话。”

小乔拗不过她，只好把手机递过去。

电话拨通后，那头清晰地传来千山的声音，“小乔，你怎么想起给我打电话了，是不是有事儿？”

惜云不说话，她只顾听。

“小乔，是你吗？怎么不说话？我在昆明，你还好吗？”

小乔想把电话夺过来，惜云不肯，她欲哭无泪地说：“千山，我想你。”

千山愣住了，“小乔，你……”闹市中他已辨不清声音，“你说什么？”

“千山，我要见你，你快回来。”惜云继续说。

“你疯了，快把电话给我！”小乔听不下去了，去夺手机。

惜云死死地握住手机，不断地喊：“千山，你快回来！我想见你——”

小乔一下子把手机抢过来，没抓住，啪地掉到地上。

手机的电池摔出来，七零八碎地摊在小乔和惜云中间。

两人都呆住了，那一瞬，惜云的眼泪流了下来。

小乔默默地把手机拾起，拼凑起来。

一辆出租车正巧驶过来，小乔立刻招手。

“回去吧，明早还要赶飞机。”小乔把惜云拉上车。

出租车里静默一片，只有惜云低低的啜泣声。

小乔也不劝，她看着窗外斑斓的夜色，眉心拧在一起，久久展不开。

司机一看这气氛，立刻打开了收音机，一个女人慵懒的声音唱出来：

忽然之间，天昏地暗
世界可以忽然什么都没有
我想起了你，再想到自己
我为什么总在非常脆弱的时候，怀念你
我明白，太放不开你的爱
太熟悉你的关怀，分不开
想你算是安慰，还是悲哀
而现在，就算时针都停摆，就算生命像尘埃，分不开
我们也许反而更相信爱
……

情绪不堪的时候听音乐反而是一种折磨。

那个旋律令人不安，像个幽灵把人的魂捉住，再捉紧一点便要窒息了。

清晨醒来，小乔看到身边的惜云已没了踪影。

跑到客厅，只有一张字条。

小乔：

我去机场了，原谅我给你带来的麻烦，我是个麻烦女人。放心，我会听你的话，好好过我美国的生活。只是有件事，放不下。如果你见到千山，告诉他，我不会再烦他，祝他幸福。

小乔，谢谢你！再见面时，希望我们都有了好归宿。

惜云

小乔长长地舒了一口气，昨天的那段旋律又莫名其妙地来了——

而现在，就算时针都停摆，就算生命像尘埃，分不开

我们也许反而更相信爱……

女人之间会心疼的。小乔在心里默默地把祝福给了惜云。

再见面时可真的会有好归宿？

不管怎样，若能这样想，就是一种希望。相信惜云已经明白。

千山在昆明刚做了件大事。

他以陈东方的名义在昆明捐建了一所希望小学。

小乔打电话来的时候刚办完捐赠仪式。千山在仪式上郑重宣布，这是东方的遗愿，建希望小学的经费全部出自东方之手。

当地媒体蜂拥报道此事，所有的媒体都盛赞陈东方的善举，更为他的仓促离世惋惜。

东方的父母在电视上看到了这一幕。

那一刻，他们百感交集，意难平。

“千山这孩子我们错怨他了……”陈父的这句话是由衷的。

“什么错怨，我看是作秀。”陈母一边收拾碗筷，一边念叨，“我怎么没听东方说过要办什么希望小学啊，我看就是炒作。”

“千山也付出了代价，前一段队里也让他停赛了。”陈父目不转睛地盯着屏幕。

“停赛算什么，就算把他开除了又怎么样？咱们儿子也活不过来了。人前我得说不怨千山，肇事司机不是他，他没责任。在小乔面前我都得做出样子。可我这心里只要一想起千山就不舒服，这个坎儿根本过不去，我们就这么一个儿子啊……”陈母用力擦着桌子，始终带着气。

陈父叹了口气，这个话题不能说下去。

陈母啪地关了电视。

房间里即刻静下来。

又是一声叹气。这一声清晰得很，反而更能把人的情绪带坏。

燃起一支烟，烟气摇摇晃晃地往门口钻。

陈父下意识地走到门边，门未关，已大意到这步田地。

索性把门敞开，透透烟气。

门外竟活脱脱地立着一个人。

郑千山！

陈父心中一凛。

不消解释，对话多半已听去。

千山尴尬地笑笑，硬着头皮把手中的礼物递上去，似乎并未有进去的意思。

陈父亦不客气。

家里的气氛已容不得外人再去搅和。

“礼物收下，谢谢了，家里地方小就不请你进去坐了。”

千山点点头，一切他都明白。

心里还是松了一口气，礼物终究是收下了。

他知趣，立刻告别。

他多想那场面是——陈父握着他的手说：“千山，东方走了，我们认你这个儿子，谢谢你为东方做的一切！”

砰的一声门响，千山才回过味来。

想来想去，那场面终究是自己一相情愿。

从昆明赶回来第一件事就是去找小乔。

本以为从昆明回来，与东方的父母的心结会迎刃而解，他可以当做喜讯一样告诉小乔。

如今没有带回喜讯，却也不是最坏的结果。

能心平气和就好，还图什么？

只是小乔的那个意外的电话，令他猝不及防。

那话不可能是小乔说出来的，声音却是极像。

千山心里七上八下地乱打鼓。

刚到楼下，千山就看到一个男人手捧着一大束红玫瑰缠着小乔。小乔表情痛苦地在推托。

千山立即冲过去，“你干什么？”

沈明被这个粗暴的声音吓了一跳，他睨着千山问：“你是谁啊？”

“我是小乔的朋友。”

“那我也是她的朋友。”沈明不慌不忙地说。

“我警告你，别骚扰小乔！”千山喝道。

“你哪只眼睛看见我骚扰她了？”

千山握紧拳头，“你再不走，别怪我不客气！”

“千山，”小乔阻止道，“他就是那个……东方捐眼角膜的……”

千山一下明白了，松了拳头。

“我是来给楚小姐送玫瑰的，我想这事跟你没什么关系吧，我看要走的人是你。”沈明说着把手里的玫瑰递给小乔，“楚小姐，请接受我的花。”

小乔看了一眼玫瑰，犹疑地接了过来。

“好，花收了，请你回去吧。”小乔掏出钥匙准备上楼。

沈明急忙说：“那我们下次再约啊——”

小乔没回头。

千山忙跟了上去，正欲开口，小乔说道：“你也请回吧。”

“小乔——”千山还未说完，门咣当关上了。

沈明看到这一幕，乐了，“哈哈，闭门羹啊。”

千山瞪了他一眼，走下楼来。

“原来你跟我一样啊，我还以为你比我有优势呢，弄了半天也不比我强多少。”沈明幸灾乐祸地说。

千山不理他，径直往外走。

沈明在耳边吹风，“我劝你还是放弃吧，告诉你，小乔我是追定了，你别浪费精力了。”

千山狠狠地瞪了沈明一眼，那眼神像刀子。

沈明不敢吭声了。千山比他高一个头，他自知不占优势。

出租车半天打不来。两人在街边一前一后站着。

千山看了看沈明，略带优越感地说：“我看还是你早点放弃的好，就凭你的身高就没多大戏。”

沈明迎着他的目光说：“我是决不会放弃的，从我第一眼看到小乔，我就认定她了。”

千山白了他一眼，“你觉得你有希望吗？”

沈明声调沉下来，“……不知道。但我会努力。”

话落一辆出租车停了下来，千山看了沈明一眼，“你先上吧。”

“不，还是你先请。打车这事我可以让你。”沈明扬着脖子说。

千山干笑了一下，上了车。

沈明冲着车里的千山喊道：“我一定会努力追求楚小姐的！我一定会成功的！”

千山摇摇头，对司机说：“开车。”

后视镜里沈明的身影还在晃着，千山不舒服地把目光移开。

“我一定会努力追求楚小姐的！我一定会成功的……”那声音始终在耳边环绕，千山挠了挠头皮，这话让他有点动气。

回到家里，打开门的瞬间，满地的碎纸片令他心里一震。

拾起来一看，是他买给惜云的机票。

那晚的事倒带一般，全回来了。

回想那天的场面、惜云的眼泪，像一出残忍的家庭剧。自己竟扮演了那样冷血的角色。

令他不解的是：自己何时变得这般冷血？

以前跟惜云在一起的时候，他是呵护有加、嘘寒问暖的——惜云要是不顺意了，他比惜云还着急；惜云生病，哪次都是他送去医院；知道惜云爱吃一种奶酪，他会特意赶到那个胡同排长队，捧到惜云面前时，她早已梨花带雨……那时的他充满柔情，那时的感情像电影，浪漫又感动。

如今怎么样？电影散场，激情全无？

不由得令人唏嘘。

惜云还是惜云，却再没有心疼她的感觉了。

明知她心里不好受，明知她没了孩子，明知她现在过得不幸福，就是无动于衷了。

爱情一旦消逝，是否人也会跟着无情？

千山从冰箱里拿出一听啤酒，坐到沙发上大口啜饮。

沙发上依然还能闻到惜云的香水味，他却排斥这个味道，索性把窗户都打开，清空一屋子的爱恨情仇。

回到沙发上，千山还在想那个莫名其妙的电话。

“我想你”三个字断不会出自小乔口中，难道是惜云？

那声音听起来偏偏又似小乔。

一罐啤酒下肚，仍是乱七八糟的情绪。无聊地打开电视，体育频道放的竟然是东方的短片。

他和东方的合影不断播放，千山正欲调台，画面切到东方和小乔甜蜜依偎在一起的照片。

啪的一声，电视关掉了。

千山把摇控器一丢，重新把自己扔到沙发上，脸上一片愁云惨淡。

22

新一周天气明显升温，小乔换上了裙子，足蹬一双长靴。

刚一出门，就看见沈明的微笑。

他倚在车旁，一身笔挺的西装，像个绅士。

沈明迎着小乔走去，面带得色，“楚小姐，吓了你一跳吧？我觉得总晚上送花有点太老套了，所以我想早晨过来会不会有好运气。”

小乔啼笑皆非地瞧着他，又气又好笑。

“我这个人其实蛮时尚的，这次来，你看我也没带花，家里的玫瑰花摆太多也不是太好，很容易花粉过敏的，所以我今天来就是送你上班的。”沈明微笑的时候，不是很可爱，倒也不招人讨厌。

小乔大方地坐进车里。

沈明喜出望外地给她关车门。

小乔问：“公司不忙吗？还有时间来送我上班？”

沈明边开车边说：“送你占不了多少时间，百忙中总可以抽空。”

“你们公司主要做什么？”小乔有一搭无一搭地问。

沈明兴奋地看了她一眼，“你开始……对我有点兴趣了？”

小乔把头转向窗外，骇笑。

沈明追问：“是不是你开始愿意了解我了？”

小乔摇头说：“就当我刚才什么都没问。”

沈明笑嘻嘻地说："可事实上你问了，"他看着小乔的表情，进一步强调，"就算你不问，我也要告诉你的。我们主要是设计游戏软件的。"

小乔故作吃惊地看了沈明一眼，"我还以为你是说相声的。"

沈明笑了，"为什么？我口才很好吗？"

小乔笑而不答，只说："前面靠边停吧。"

沈明诧异道："还没到报社呢，你……生我气了？还是我说错话了？"

小乔推开车门说："我要进超市买点东西，你先走吧。"

沈明哪肯走，车停到路边，赶紧跟着小乔进了超市。

沈明紧跟着小乔，一边不停地说话，"……我从小就对电脑很感兴趣。上大学的时候，我就开始设计电脑程序，现在主要做游戏软件。我这眼睛估计也是被我这兴趣害的。整天坐在电脑前面，一干就是几天几夜，最后生生把眼睛弄坏了。"

小乔看了看他的眼睛，"你失明了多久？"

"十九个月。"他那一瞬间的笑容有些辛酸，但很快又恢复到愉快的表情上来，"以前我是个特沉默寡言的人，一个星期也说不上几句话。我自已不爱说话，也烦别人说话。失明以后，眼前什么都看不见了，人活在黑暗中就变得特别害怕。我想找人说话，说什么都行，只要有声音就行。后来，弄得周围的人都没话说了，我就自己说。反正我也看不见别人的脸，他们愿不愿意听我也不知道。我就到处给别人讲笑话，可经常出现的情况是，一个笑话讲了无数遍，他们每回听还都要发出笑声……"沈明的表情凝重起来，"其实我知道他们是为了照顾我的情绪，朋友们对我特别好，尤其是我哥哥，为了治好我这双眼睛，不知花了多少钱。从小我父母就不在了，我是跟着哥哥长大的，没有这个哥哥，我恐怕早已活不到今天了……"

小乔听着有些意外，一时又不知说什么。她随手拿了些吃的放进购物车里。

“干吗买这么多吃的带到单位?”沈明问。

“今晚加班。”小乔礼貌性地一笑。

沈明也顺手拿了几样东西，放进小乔的推车里。他边拿边说:“我最喜欢吃这个牌子的火腿了。以前经济条件差，总吃方便面，面里放上几片火腿就已经是美食了……这个番茄挺新鲜的，来两打……香蕉，来一串……这个面包也不错，是全麦的……”

小乔把车推到付款台，她把自己的东西拿出来，刻意把沈明拣的东西推到一边。

沈明忙说:“一起算吧。我来。”

“还是各算各的吧。”她问收款员，“多少钱?”

沈明急道:“哎，不用分得那么清楚吧?”

小乔笑笑，结完账拎起自己的东西走了。

沈明冲小乔说:“等我一会儿啊。”他又冲收款员说，“麻烦你快点儿行吗?”

收款员白了他一眼，没吭声。

交完钱，沈明气喘吁吁地追出来，“哎，你走得怎么这么快呀……我的车在这边呢。”

小乔停下来说:“这儿离我单位很近了，你先走吧。”

沈明边喘息边说:“干吗那么拒人千里呢?你应该……试着了解了解我……我这个人挺不错的……虽然没有陈东方长得帅，但是……”

小乔猛地站住了，脸色一沉，锐利的眼神剜过来。

沈明有些不安，“对不起啊……我是不是又说错话了?可是……其实我也没说错什么呀，你……你别这么看着我成吗?”

小乔一字一顿地说:“你只是移植了东方的眼角膜。仅此而已。”说完，她转身走了。

沈明怔怔地站在后面望着她的背影，“没错啊，我是移植了东方的眼角膜……”

小乔走了几步站住了，她扭头看了沈明一眼，“你还不明白吗？移植眼角膜不等于移植爱情！”

她转身拐进了一个小区。

沈明在后面默默地望着，背影早已消失，可他仍愣愣地望着。

从第一天见到小乔，他就爱上她了，他确信不是因为陈东方的眼角膜，而是他真的喜欢。

失明前女朋友跟他分手，那时他觉得自己再不会喜欢上别人了，没想到眼睛好的第一天，他竟会有了喜欢的对象，偏偏她就是陈东方的女朋友。

移植眼角膜当然不等于移植爱情，但爱情来了，谁都无法阻挡。

究竟要如何表达才不伤和气？

小乔就像只刺猬，浑身都是刺。

偏偏他就喜欢像刺猬的女人，无话可说。

沈明伫立在分别的路口，不自觉地惆怅起来。

酒吧里的光线暗到不能再暗，千山坐在吧台边，大口喝着扎啤。

本来他是约张潜出来喝一杯的，谁知张潜家里临时有事来不了了，留千山一个人喝闷酒。

“一人喝闷酒呢。”

一个男人坐到了千山旁边，他一怔，竟然是沈明。

“不用这副表情看着我吧，我又不是怪物。这么巧在这儿都能碰上，看来我们俩还有点缘分。”

千山瞥了他一眼，懒得说话。

“你还不知道我的名字吧，我自我介绍一下，我叫沈明，明亮的明。”沈明也要了一杯扎啤。

“怎么，心情不好？”沈明打趣道。

“咱们应该不认识吧。”千山说了一句。

“你不认识我，我可认识你，著名的球星郑千山。”

千山埋头喝酒，不理会。

“怎么，又被小乔拒绝了？”沈明一笑。

千山只顾喝酒，不答理他。

“看你这样子就像是被拒绝了，告诉你，我就比你幸运了，前两天我还送小乔上班，我们一起去的超市。”沈明得意道。

千山怒气冲冲地说：“怎么你还缠着小乔，我可警告过你！”

“你千万别动气啊，你是著名球星，可要注意你的公众形象啊。咱们公平竞争嘛，你干吗还威胁我啊，太不厚道了。”

千山有气又不好发作。

沈明继续说：“我说你不厚道，也不是针对我，我没那么小心眼儿，我是说你对陈东方太不厚道了。人家刚走，你就追他的女朋友，这是不是有点过分啊，你们还哥们儿呢。”

一听这话，千山急了，抓起沈明的衣领一紧，“我警告你，别胡说八道。我跟小乔是朋友，我根本没有追求她，你给我听清楚！”

沈明口气软了，“你先放手再说，你得注意你的公众形象，我是不怕的。”

千山松了手，一脸暴怒。

“这可是你说的，你跟小乔是朋友关系，那你还有什么权力阻止我啊。我现在有了东方的眼角膜，我就有义务照顾她，凭这一点，我跟小乔就不是普通朋友。”沈明理直气壮地说。

千山站起来想走。他不想听。

“哎，酒还没喝完就走啊，有个事你恐怕还不知道吧。”沈明脸上有一丝得意。

千山扭过头来，“有什么事还用你来通知我？”

“这事恐怕你听了还得感激我呢。”沈明卖关子。

“有事快说，少废话。”千山不耐烦地说。

“瞧你这态度，怪不得小乔喜欢东方不喜欢你呢，你这脾气哪个女人受得了。”

千山一个箭步冲上去，再次抓起沈明的衣领，“你有完没完啊？你到底要说什么?!”

沈明急了，“你放手！别以为你比我高一头就敢动粗。”

千山放了手，沈明边整理衣服边说：“怪不得小乔要去美国，我看就是为了躲开你。”

“什么，你说什么？小乔要去美国？”千山一把抓住沈明的手臂问。

“我说你不知道吧，我要是不说你上哪儿知道去？”

“她去美国干吗？”千山心里思忖，难道是去找惜云？

“她说是她自己的私事。”沈明说。

“你从哪儿听来的？小乔亲口跟你说的？”千山反问。

“那当然了，她不亲口跟我说跟谁说啊？”

千山眉毛拧在一起，转念一想，他说：“沈明，我看是她为了躲你故意这么说的吧，那是她不想再见你。”

“你以为我傻啊，真话假话听不出来？”

“我看你就是傻。小乔真要去美国，我能不知道吗？”

“嘿，我好心告诉你，你还说我傻，郑千山，你就是不如陈东方，小乔的选择一点儿没错。”沈明不客气道。

千山抬腿就走，不想跟他废话。

沈明气呼呼地自言自语：“什么人啊，狗咬吕洞宾，我也是，干吗告诉他这个，真是有毛病……”

23

小乔接到了新的采访任务，主角是一个刚刚出道的歌星徐盈盈。

主任特意强调要做一整版，令小乔不解。

一个刚出道的歌手凭什么能做一个整版？幕后必有推手。

主任点她：“这个徐盈盈可不是一般人，听说跟唱片公司上层有非同一般的关系。公司出了重金打造她，这一版他们可是付了钱的，不然我能答应吗？”

现在的歌星还能用什么招儿上位？还不是靠睡。

小乔极不情愿地安排了采访。

徐盈盈很漂亮，一米七的个儿，下巴尖得像锥子，头发是玫瑰红，满身刺鼻的香水味。一身名牌，看不出真假。

采访是在一家酒店里，小乔开着录音机，胡乱问一些问题，任她编扯。

娱乐圈这些人的话，一半都是水分。小乔把徐盈盈的话一股脑塞进录音机里，左耳进，右耳出，敷衍了事。

只采访了不到一个钟头，小乔就安排摄像拍照了。她宁肯多用点照片撑版面，也懒得写那些无聊的对话。

拍了几组大片，就在采访快要结束的时候，徐盈盈突然问：“如果我没记错，你就是陈东方的女朋友吧。”

小乔一愣，没想到她知道自己的身份。

“你也是球迷？”小乔回了一句。

“也算是吧，陈东方的球迷恐怕成千上万。”徐盈盈脸上不经意地掠过一丝笑意。

“是吗……”小乔不知怎么接话，她琢磨不透那表情。

“有一次在机场我见过你。”

“机场？”小乔努力回忆。

“不过那次只看到你和郑千山在一起，很遗憾。”

她居然还认识郑千山？会是哪一次？难道是东方出事那一次？小乔思索着，心里略有不安，“你遗憾没有见到东方？”

“是啊，东方出了车祸，难道不遗憾吗？”徐盈盈盯着小乔看，那眼神总有些诡异。

“看来徐小姐也是东方的忠实球迷，不然怎么还去接机。”这种不安不断往心里沉。

“我早过了追星的年龄，接机这种事不会做。只是那天碰巧遇到你。”

话不投机半句多。小乔跟她谈不来，表情僵住。

徐盈盈也懂得察言观色，她接口说：“对了，报纸出来，记得给我寄两份，寄到唱片公司就好，谢啦。”

徐盈盈走了，刺鼻的香水味却不肯走，还在空气中打转。

稍走几步，她又回身，“有空打电话给我，很高兴认识你这个朋友。”

小乔定了定神，勉强笑了一下。

徐盈盈竟是东方的球迷，这算是个采访之外的花絮。

这个走路S形的美女，似乎有故事。采访了一下午她都没有说出那故事，像是吊人胃口般。

哪个娱乐圈的女人没有一部血泪史，八卦的人才想听呢。

只是这个女人认识东方，故事就有卖点。

小乔胡思乱想一番，又觉得无聊。

东方的球迷成千上万，又何止她一个。

这个采访做得无趣，白白浪费一天的好阳光。

发完稿已是深夜，小乔疲倦地从报社大楼走出来。

这个时间，地铁恐怕是坐不上了。

小乔走到街边正欲打车，却见一个高大的身影朝自己走来。

天哪，竟然是千山。

小乔意外地立在原地。

“本来想上去找你，听你同事说你正在加班，我怕打搅你，就在门口等了一会儿，走吧，这个点儿也不好打车了，我送你回去吧。”千山温和地说着，那口气让人不好拒绝。

小乔坐进了千山的车里，心里还是绷着一根弦，始终放松不下来。

“你找我有事？”小乔问。

“我听说你要去美国，不知道是不是真的，没听你说起，你是去找惜云？”千山边开车边问。

“你怎么会听说这件事？”

“是那个……眼角膜说的，我也奇怪，那个臭小子怎么会知道你的行踪？”千山有点不悦。

“他叫沈明，是做电脑游戏软件的。”

“你了解得不少啊。”千山话中有话。

小乔一笑，“爱说话的人容易被人了解。”

千山板着脸，“我最讨厌啰里八嗦的男人。”

“我看你对他有成见吧，其实他这个人还蛮好的。”

“怎么，你对他动心了？”千山不自在地问。

“我只是客观评价。”小乔表情紧绷。

“你不会是真想给那臭小子机会吧？”千山气不打一处来。

“什么臭小子，人家年纪比你大。”

“年纪一大把了，还这么不成熟，像个长不大的男孩。”

“何必背后中伤他?”小乔有点恼。

“我不是中伤他，我是怕你对他动心，他那人真不靠谱……”

“算了，不提他了。”小乔打断他。

千山立刻安静了，他紧盯着前方，机械地打着方向盘。

沉默了一会儿，小乔说：“最近，你没跟惜云联系?”

“没。她怎么样?情绪好些没有?”千山应付道。

“她现在也不怎么上网，我给她发过几封 E-mail，她只回了一次，说她很好，也不知真假。”小乔说。

“我相信她会好起来的。”千山淡淡地说。

“你们真的不可能在一起了吗?”小乔突然问。

千山眉头一皱，他意外小乔会这样问，“她现在有老公有家，我们怎么可能在一起?我只希望她能过得好。”

“她一直很爱你。”

“也许吧。”千山忽而口气一转，“怎么说起这个了，我刚才问你去美国的事你还没回答我。”

“……是去采访，顺便我想去看看惜云。”小乔不流畅地说。

“采访谁啊，要跑到美国去?”千山问。

“我骗你干吗?”小乔故意扬起了声音。

“什么时候走?”

“下下周吧。”

“那你走的时候告诉我，我想给惜云买点东西，到时你帮我带给她。我其实欠她挺多的，也不知怎么补偿她。”

“好，我帮你带。”

不知是不是深夜容易让人安静，千山和小乔之间难得有这样平静的对话。

告别时，小乔给了千山一个微笑。

这样多好，若能常常有这样的微笑，多好！

千山坐在车里还在回味。

深夜驱车回家不是头一次，今晚却特别，有一种莫名的畅快，又有一点点的孤寂。

千山看着旁边小乔坐过的位置，心里有一种怅然若失的感觉。

对小乔，他自己也说不清是怎样一种情绪了。他不愿意剖析自己，更不想弄清楚这里面的究竟。他甚至一直回避，有时一桩悬案水落石出，反而令人无法接受结果。

男人内心矛盾的时候多半是在感情中纠结。

千山摇下车窗，打开收音机，音量开到最大，已是凌晨一点，他想令自己清醒一点。

“……现在给大家播放的这首歌《月亮的心》就是歌手徐盈盈的最新单曲，这是她首张专辑的主打歌，我们一起来听……”

电台里放出一段陌生的旋律，女歌手唱得哀怨动情。

千山麻木地听着，脑中却弹跳出一个名字：徐盈盈。

“大家好，我是徐盈盈，希望我的这首《月亮的心》能让你们喜欢，谢谢……”

音乐千回百转，千山若有所思地凝视着前方。

音乐是一种奇妙的东西，尤其是一个人在车里听音乐的感觉更奇妙。

那种奇妙叫做回忆，会令人想起隐藏在记忆最深处的东西……

24

小乔去美国那天，正赶上下雨。她担心会延机。

匆匆忙忙去了机场，才发现早到了两个钟头。

本来想通知千山的，可拿起电话，她又放下了。

对千山，不知何时有了这样一种态度：非恨即躲。

恨的情绪没有了，那就只有躲，好像躲得越远，各种怨怼情绪亦会渐行渐远。

以前把千山看做大哥，可现在，能做朋友，已是皆大欢喜。

小乔买了一本书无聊地翻起来，看看表，还有一个钟头。

换了个更舒服的坐姿，小乔硬着头皮继续读。

余光中，一个男人坐到了她对面，小乔不经意地瞥了一眼，呆住了，竟然是千山！

“你……”小乔张大嘴巴，“你怎么来了？”

“你太不厚道了吧，说好走时通知我的，还说帮我给惜云带东西的，自己却悄悄走了。”千山不悦道。

“今天下雨，我一着急就忘了，这不你也赶过来了，我帮你带就是了，东西呢？”小乔走近千山，看到了他身边的旅行袋。

“算了，让你带我也不放心，我还是亲手交给惜云吧。”千山笃定地说。

“你……你也去美国？”小乔吃惊地问。

“是啊，没办法，遇到像你这种不够哥们儿的朋友，我只能亲自跑这一趟了。”千山似笑非笑的。

小乔不置信地看着千山。

“别瞪这么大眼睛，我只是想也该去看看惜云，上次她来有很多误会，我也太冲动，应该跟她当面解释一下，不然我心里也不安。”

小乔无话可说了。

令她奇怪的是，千山总会准确无误地知道她的行踪。

想到这一点，小乔的后脊背一片凉意，难道有私家侦探在暗中？

“喂，想什么呢，登机了。”千山拍了一下小乔，顺手帮她把行李提了起来。

“不用，我自己能拿。”小乔要去抢。

“跟我还客气？”千山睨着小乔。

那眼神小乔最怕了，她不做声了，服服帖帖地跟在千山后面……

十四个小时的行程，小乔闷在机舱里，身体累到极限。

千山经常出国打比赛，长距离的飞行对他来说不算苦差。

一路上，千山暗暗照顾小乔，周到体贴。

小乔心里领情，面上不露，心里的那份恨已慢慢抹去，只是隔膜消不去，记忆骗不了人，对千山能不怀芥蒂地和平相处已是不易。

美国或许是最后一站了吧。小乔思忖着，满腹心事。

东方最最珍贵的那颗心就在美国。这一站，走得最艰辛，又最令人期待。

“你跟惜云说好了吗？她来接机吗？”千山下了飞机问小乔。

“不想麻烦她了，你事先已经跟她联系过了？”

“没有，纽约其实坐地铁很方便，开车反而麻烦。对了，你是住惜云那里吧？”

“她老公在，我住也不是很方便，我在网上订了一家旅馆。”

“那种地方怎么能住呢？你不是来采访的吗，报社没给你安排住宿？”千山故意问。

“住宿自己解决，报社才不管呢。”小乔应道。

两人走出了机场，小乔早转了向，如果一个人来，该是她举步维艰的时候。

小乔脸上写满狼狈。

“你跟着我走吧。”千山走在小乔前面，一副很轻松的样子。

“要不你先走吧，不用管我，我真的在网上订好旅馆了。”小乔努力为自己撑面子。

正说着，一辆车停在了两人身边，一个三十岁左右的男人下了车。

“嗨，千山——”男人过来打招呼。

“来，我来介绍一下，这是我的朋友李舰，以前是我们球队的队医，现在搬到美国了。”他又转向小乔，“这是我的朋友楚小乔，报社的记者。”

李舰热情地和小乔握了握手。

“走吧，你们这一路也累了，我直接送你们去酒店吧，房间都给你们安排好了。”李舰四方脸，笑容憨厚，做事很周到。

小乔有点尴尬，正为难。

千山说：“走吧，先住下再说，要采访也得明天安排了，走吧——”千山把小乔拉上车。她硬着头皮进去。

一路，千山和李舰说着彼此的近况。小乔在后座闷着，插不上话，她正思量着接下来的几天该怎么安排。

千山好似一切早有安排，没有一分差错，仿佛一切都瞒不过他去，他什么都知道，又什么都不说。

任何行踪都被人掌握的滋味并不好受。

第二天一早，小乔说要准备采访的事，各自行动。

千山点点头，又说："晚上你别安排事。"

"这说不好，可能会一直忙到晚上。"小乔胡乱找借口。

"晚上七点钟在酒店大堂碰面，我带你去个地方。"千山表情严肃，郑重其事。

"真说不好，要不到时再联系吧。"小乔推托。

"七点就在这儿等，不见不散。"千山说完走了，不给小乔拒绝的机会。

搞不懂千山要安排什么，小乔也懒得细想，她赶紧回到房间，查看 E-mail。

打开收件箱，果然有一封新邮件，来自张小希。

小乔姐姐：

你好，很感谢你专程到美国来看我，参加我的生日 PARTY，我心里有说不出的感动。

我想那是东方哥哥的心在召唤你，挡也挡不住。在北京做完手术后，我现在身体恢复得很好，爸妈也在身边照顾我，医生都说情况比预期的还要好。

想着我们很快就要见面，兴奋了好几天。这次生日 PARTY 我也邀请了一些好朋友参加，到时我也会把他们介绍给姐姐，你们都是我渴望见到的人！相信会是一场热闹的生日聚会。这也是我人生中最特别的一个生日会，很期待啊！

PARTY 的地点我会叫人通知你的，今晚八点钟，会有车去接你，到时会给你打电话，我们晚上见！一定要盛装出席啊！

小希

这个小希，还搞得这么神秘。小乔莞尔一笑。

跟小希网上联系快一个月了，这个可爱甜美的女孩让小乔喜欢又心疼。

喜欢，是她的美丽可爱坚强；心疼，是她拥有了东方的心脏。东方身上最最重要的东西，给了小希。

为了给小希过生日，小乔说什么也要来参加，这个女孩对她来说就是东方生命的延续。

临近七点钟了，小希的电话还没有打来，小乔有点着急。

坐在酒店咖啡厅里已喝了第五杯咖啡了，没有一点消息。

“小乔，我们该出发了。”千山突然出现在小乔面前，七点整。

“我今天真的有事，我要等一个很重要的朋友。”

“这么巧，我也想带你去见一个很重要的朋友。”千山笑吟吟的。

“千山，我真不能去，这件事对我来说非常重要。”小乔焦急地说。

“你们约的几点？”千山问。

“八点。”

“那正好，现在是七点，你先去见我这个朋友，然后八点钟你办你的事，一点不耽误。”

“那太赶了，我怕……”

小乔犹豫的时候，千山一把将她拉起来，“走吧，再不走，你可真要迟到了。”

“不行，真的来不及……”小乔被千山拉着胳膊，动弹不得。

还是李舰当司机，小乔坐进去，不好发作，只好依着千山往前开。

开了半个小时，千山回过头问小乔：“你不是八点有重要活动吗，就穿这个休闲外套不合适吧？”

“我带了一条裙子，到时换上就好。”小乔这才发现千山穿了西装。

“你现在就换上吧，我这个朋友也很重要。”

“现在?”小乔睁大了眼睛。

李舰把车停在了一家别致的酒吧门口。

千山说：“我们俩下车，你在车上换吧。”

李舰冲她友善地一笑。

小乔只好硬着头皮换起来，尽管夜黑，还是一脸尴尬。

过了一会儿，小乔从车里走出来的时候，吓了千山一跳。

小乔穿了一条黑白相间的吊带小礼服裙，将她的玲珑身材勾勒得恰到好处，大方又不失妩媚。

从未见过小乔这样打扮，千山看得呆住了。

“你是要带我来这里?”小乔指了指酒吧。

“嗯，是啊。”千山回过神来。

这时李舰过来告别，他有事要先离开。

小乔跟他挥了挥手略表谢意，跟着千山走进了酒吧。

刚一落座，一个熟悉的声音闯进来：“真是人生何处不相逢啊。”

小乔一看，竟然是沈明!

“沈明，怎么是你?!”小乔惊住。

“怎么不能是我，纽约这个地方只准你们来吗?”沈明笑道。

“你怎么知道我们在这儿?”小乔不置信地问。

“所以说人生何处不相逢嘛，有缘千里来相会啊，在美国能遇上，看来我和楚小姐才是真正的有缘人啊!”沈明很自来熟地坐到了小乔的身边。

千山不吭声，脸上却有笑意。

沈明也完全不顾千山的存在，只对着小乔说话，“小乔，我有样重要的东西一直想送你，一直还没找到机会，今天我想送给你。”

说着，他从包里掏出一个大信封，从里面拿出一些光碟，“这是我设计的游戏。”他指着最上面的一张说，“这是‘大富翁’，”又指着第二张说，“这个是‘寻宝’，我的一些朋友说比《古墓丽影》还好玩呢，这个……”他指着第三张，“这个你肯定喜欢，是‘画皮的故事’，特恐怖，又好玩。还有我专门为你制作的礼物……”

沈明正欲打开信封，千山却伸手把信封抢了过来，冲他说：“如果你想献殷勤，最好换个时间，今天你不是主角吧。”

小乔冲沈明客气地笑笑，“是啊，今天我们约了人，是千山的一个朋友。”

沈明也冲她笑笑，“真巧，我也约了人。”

这时，一个金发垂肩的酒吧服务员走过来，把一个蛋糕放到他们面前，“这是你们要的蛋糕。”

小乔用英语说：“你弄错了吧？我们没要蛋糕。”

服务员微笑着，“没错儿，就是你们要的。”那女孩说了句中文。

小乔一惊，“你是中国人？”再仔细看她，除了金头发外，五官还是中国女孩的模样。

那金发女孩一乐，“对啊，我是中国人啊，我从小是在美国长大的，怎么样，我的北京口音一点儿没变吧。”

沈明冲那女孩一笑。

女孩也冲他挤了挤眼睛。

千山也愣住了，他把沈明拉到一边，“你搞的什么鬼？”

沈明摆摆手，“和我无关啊，都不是我想出来的，我只是配合一下。”

金发女孩坐到小乔身边，往蛋糕上插蜡烛。

小乔忙阻止她，“哎，你别插呀，我都说了不是我们要的了……”

沈明有点绷不住地笑了，“这蛋糕当然要了，小乔，你忘了今天谁过生日？”

小乔一时蒙了，“谁过生日啊？”

突然她睨着金发女孩仔细一看，“天哪，你是……张小希？”

那女孩把假发套一摘，露出一头黑亮的短发，再把服务员的制服一脱，一个穿粉纱裙的张小希就站在小乔面前。

“现在认出来了吧？”小希一脸灿笑。

“呀，真的是你啊！”小乔高兴地把小希搂住。

千山看到这一幕也笑了，“都是沈明搞的鬼吧，第一眼我也没认出来。”

小乔突然停住，满脸疑问，“你们怎么也认识张小希？”

沈明笑道：“我跟小希认识的时间可比你长，小希在北京动手术的时候我们就认识了，我们可是战友。”

小乔脑子一蒙，她转向千山，“那你呢，你也认识张小希？”

千山笑笑，“我去医院找过李主任，他说了张小希的情况。我想你一定会来，但没想到这么快。”

“所以你们就串通好了？小希，你也跟他们串通了吧？”小乔问。

“小乔姐姐，你们都是我的恩人，在做心脏移植的时候，沈明哥哥最早来鼓励我，他说他有了东方的眼角膜重见光明了，我移植了东方的心脏，一定也会像他那样获得新生。我当时真的很害怕……”小希说到这里，气氛凝重起来，“没想到手术真的很成功，千山哥哥也给我打了电话，他说他是东方的大哥，也就是我的大哥。小乔姐姐，还有你，回到美国后，我就收到了你的信，我看过你的照片，一直都想见你……你们都那么关心我，还有东方哥哥，他把心给了我，他去了另一个世界，我却活了下来，这么多的感激怎么说得过来啊……”

小乔拉住小希的手，鼻子一酸，差点落泪。

一时掌声四起，一对中年夫妻围了过来。

“爸，妈——”小希亲昵地拉住他们，“这是我爸妈，这是千山哥哥，沈明哥哥，小乔姐姐……”

一一介绍完，小希爸爸说：“今天来的都是我们家的贵客。欢迎你们！”

小希妈妈泪眼婆娑道：“你们能飞过来，我们真是感激不尽啊，小希这孩子已经兴奋了好几天了！”

小希的爸妈轮番和千山、小乔、沈明握手，嘴里不停地道谢。

千山笑着说：“小希，快来吹蜡烛许愿吧。”

“对啊，小希，快许愿！”沈明把小希拉到蛋糕前。

“今天是我十八岁的生日。今天真的是我活这么大，最开心的一天！”说着小希紧紧拉住父母的手，“爸爸，妈妈，这些都是我的恩人，我一辈子都要感谢的人。”

每个人都热泪盈眶，美丽的小希站在中间默默地许愿。

吹完蜡烛，唱完生日歌，小希说：“我想把我的愿望说出来，我祝福每一个帮助过我的人永远健康幸福，我感谢我的爸爸妈妈，感谢沈明哥哥、千山哥哥、小乔姐姐，感谢今天你们能来参加我的生日会，有了今天这样一个生日，我真的没有白活，谢谢你们！”小希深深一鞠躬，所有的人都为之动容。

小乔帮小希擦掉眼泪，自己的泪却如雨下。

张小希笑中带泪，“今天我真的很快乐。几个月前我以为我快死了，没想到又奇迹般地活了过来，还能过这样一个开心的生日，眼前的一切都像做梦一样。”

大家围着小希，都落泪了。

沈明拍拍小希的头，“傻丫头，你还有很多的生日要过，至少有一百个。”

张小希一笑，“要真的能过一百个生日，我不成妖精了。”她转向小乔，“小乔姐，刚才你一进来我就认出你了，不是眼睛，而是这里。”她抓起小乔的手放到自己的胸口上，“你感觉到了吧？跳得很有劲呢。”

小乔的眼泪慢慢顺着脸颊流下来，“我听到了。”

张小希微笑着说：“小乔姐，你跟东方哥哥一定很相爱吧，我能感觉出来。”

小乔笑了一下，试图忍住泪水，这一笑，却有更多的泪水从眼眶中涌出来。

两个女孩紧紧搂在一起，像一对失散多年的姐妹。

千山和沈明对视了一眼，各自把目光移开了。

沈明悄悄跟千山打趣说：“我看到她们这样，实在很嫉妒。”

千山挖苦道：“你这个小心眼，是不是谁跟小乔抱在一起你都会嫉妒。”

“你想哪儿去了，我刚才说错词了，不是嫉妒，是激动。”沈明瞪了千山一眼。

千山换了个语调，认真地说：“不过沈明，这次真的要谢谢你，要不是你告诉我小乔要去美国的事，我也不会去找李主任打听，我也万万没想到你跟张小希早就认识，世界真是小啊。”

“你怎么开口感谢我这个情敌了？是不是真心的？”沈明促狭地问。

“谁跟你是情敌，早跟你说过无数次了，我跟小乔是朋友。”千山正色道。

“别解释，越解释越说不清，你愿意拱手相让最好，不然我还真有点儿敌不过你啊。”沈明抢白道。

“你这家伙还不死心啊，小乔现在的心思都在东方身上，你根本没戏。”千山说。

“这你不用操心，精诚所至，金石为开，小乔早晚会感动的，只要你不插手就成。”

千山正欲还嘴，小希冲大家说：“来，大家都过来吃蛋糕吧。”

张小希特意把蛋糕中间的那颗心形留出来，端到了小乔面前。

“小乔姐，这块你吃。”

小乔破涕一笑，“……谢谢。”

张小希抬手擦了一把小乔的眼泪，“你不要哭，你一哭，我的心都跟着疼了。”

千山和沈明都拿起纸巾想给小乔递过去，彼此看了一眼，又都把手放下了。

两个男人露出一式一样的尴尬。

小希的妈妈把小乔拉到一边，为她拭泪，“小乔，我们一直都想找机会当面感谢你呢，没有东方的心脏，我们小希早就……还好，这孩子运气好，手术也很成功。”说着她从包里拿出一个厚厚的信封塞给小乔，“这是我们的一点心意，你收着。有机会你要是碰到东方的父母也替我们转达谢意。”

小乔连忙推托，“阿姨，你的东西我哪能收啊，这是东方的心意，跟我一点儿关系都没有啊。”

“小乔，我知道东方不在了，你的心情好不了，这钱也是我的一点心意，希望你以后的生活过得开心。”

“阿姨，这钱我绝不会收的。小希的病已经花了你们不少钱了……阿姨，你的心意我领了，小希就是我妹妹，一家人哪用得着这样。这钱你快收起来，不然我可不高兴了。”

小乔把信封硬塞回小希妈妈的包里，两人一番推让。

沈明把众人叫到一起，把小希围了个圈儿。

沈明大声说：“今天是张小希十八岁的生日，我要特别表演一个节目送给小希。”

说完，他拿了块手帕，耍魔术般在大家面前晃，一会儿竟变出一条镶满珍珠的白纱裙。

“天哪，太漂亮了！”小希看着裙子惊叹道。

沈明把裙子捧到小希面前，“这就是我送给小希的生日礼物，希望以后小希能穿上它跳舞。”

已学了八年舞蹈的小希爱不释手地抚摸着裙子，“嗯，我现在就换上它。”

“先别急，我这儿还有礼物呢。”说着千山拿出一个锦盒，送到小希面前。

小希打开它，是一对亮钻的耳饰，“太美了，正好和那条裙子配啊。”小希马上把耳环戴上。

“小希，他们都送了那么好看的礼物，我送你的只怕你不喜欢，但我一定要送你。”说着小乔从脖子上摘下一条玉坠，“这是东方送我的护身符，我现在送给你……”

小希忙说：“这个我不能要，这是东方哥哥送给你的呀。”

“傻丫头，你是我妹妹，这个护身符一定要送你，而且这上面有东方的心意，他会一直保护你。”小乔替小希戴上，“玉坠正好在心脏的位置，它一定会好好保佑你的。”

小希再次抱住了小乔，大家动情地唱起了生日歌：“Happy birthday to you，happy birthday to xiaoxi……”

沈明提议请小希为大家跳一段舞助兴。

小希欢快地说：“好呀，不过我要有一点准备，你们等我一下啊。”

过了一会儿，只见小希换上了沈明送的白纱裙，白雪公主一般出现在大家面前，她欢快地跳到人群中间，“现在我就为大家跳一段吧，自从生病以后就没有再跳了，今天生日我特别想跳，谢谢大家给我这个机会。”

小希两手提起纱裙，给大家一鞠躬。

音乐响起来，小希随着旋律轻轻舞动，那美丽的身姿，把大家都吸引住了。

每个人都屏息凝神地看着她，为她陶醉。

正跳到高潮处，突然小希摔倒了。

众人吓了一跳，“小希!”“小希——”大家乱了套。

千山冲着吧台里的人大声喊：“救护车，快叫救护车……”

25

手术室外挤满了人，小乔拦着护士用英文说：“可以让我进去吗？我是她姐姐。”

棕色皮肤的护士拒绝了小乔，她迅即把门关上了。

小乔无力地往墙上一靠，千山怕她摔倒，在旁边扶了她一把。

小乔的身体软软地倒在千山怀里，泪顷刻而出，“怎么办，小希会不会有事……”

千山拍了拍她，“她一定不会有事的。有你在这儿，东方的心会感觉得到，一定会没事的。”

小乔抬头看着千山，“真的吗？”

千山用力地点头，“嗯。”

沈明看着这一幕，脸色发青，他转身走到窗边，背对着他们站着。

小希的妈妈早已哭成了泪人，爸爸紧紧搂着她，给她安慰。

手术室外的气氛降到了冰点。每个人面孔紧绷，彼此的呼吸都能听得见。

过了好一会儿，有个美国医生走出来，众人将他围住，“医生，她怎么样?”询问声此起彼落。

医生问：“谁是她的家人?”

小乔大声说：“我们都是。”

医生沉吟了一下，说：“是移植心脏引起了排斥反应，之前病人恢复得不错，今天她的情绪过于激动，情况不太乐观，我们会尽力而为。你们……也要有心理准备。”

小乔追问：“要输血吗？我是O型血……”

“暂时不用输血。”医生说完快步离开。

小乔在后面喊：“医生，请你一定救救她……”

千山过去拉住了她，“放心吧，他们会尽力的。”

沈明自责地说：“都怪我，是我非让她跳舞，是我帮她搞这个生日会，都是我……”

小希的父亲忙说：“快别说这样的话，小希今天很开心，谁都没想到会发生意外，怎么能怪你。”

不一会儿，医生带着两个护士又回来了。

小乔冲过去，跟随着医生的脚步，边走边说：“让我进去好吗?我会帮助你们的……”

医生说：“我说过了，我们不需要输血……”

小乔坚持道：“那颗心脏是我未婚夫的，我想进去看看。求你了!”

医生有些动容，扭头打量了小乔一眼。

“我保证不会影响你们的工作，我只是想……如果我在身边，他会感应到的，小希就不会死的。你相信奇迹吗?”小乔恳切地说。

医生说：“和奇迹比起来，我宁可相信科学。”

小乔争辩：“可是生活中有奇迹不是吗？有一些事情是科学解释不了的，不是吗?”

“你的想法真……”医生摇了摇头，回身看了一眼护士，“给她消毒，换衣服。”他说完就进了手术室。

小乔换好衣服进了手术室，她眼睁睁地看着抢救中的张小希，无能为力。

医生和护士们不时地打量各种仪器上的数字，互相通报着。

小乔走到床边，拉起小希的手，让她们的脉搏一起跳动。

手术室外，焦急深深写在每个人脸上。

千山拿出烟正欲吸，抬头看了一眼禁止吸烟的标牌，又把烟放回兜里。

沈明把一块口香糖递到他面前。

千山接过口香糖，愣了愣，说了声：“谢谢。”

眼前的沈明他要刮目相看了。张小希这件事令他对沈明的看法彻底改观。

当他从沈明口中得知小乔要去美国，又从医院李主任那里知道小希，再从小希嘴里知道了沈明，兜了一个圈子，终点又回到起点，戏剧性的一个轮回。更让千山意外的是沈明的态度，他倾注了极高的热情参与这件事，帮小希，帮小乔，也帮了他。

到底是个善良的人，千山望着他充满感激。

可他无以回报，在内心最隐密的一角，他始终还有个敌意。

谁叫他喜欢小乔？谁会大度到把心爱的女人拱手相让？

各种复杂情绪缠绕着他，千山的脸色青白。

沈明也嚼了一块口香糖，他默默地坐回椅子上，并不想说话。

脸色青白的不止千山一个。

他此刻比千山更纠结。明明是个劲敌，狭路相逢，总要拼个你死我活。

他却出不了手。

不出手，观战等待时机也好，还偏要帮他！

想想，沈明都觉得自己伟大。

为什么要帮呢？人家也没求着要你帮。

却总有一个声音提醒他：千山是个仗义的男人，他对小乔所做的一切，连旁人都会感动。

男人之间也可以惺惺相惜的。

沈明有这个肚量，他知道千山也有。

手术室里井然有序地忙乱，医生和护士默契地配合着。

小乔始终拉着张小希的手，不肯松。

她心里一遍遍地祈祷：小希，活下来，活下来！

她仿佛听到了东方的心跳，“扑通，扑通”，清晰可辨的心跳声。

一片绿茵中，东方正朝球门扑过去，飞起一脚，一记长传，球进了！

欢呼声漫天漫地，而那一刻，小乔只听到了一种声音——“扑通，扑通”，“扑通，扑通”，东方朝她飞奔过来，给她一个大大的拥抱。窝在他暖暖的胸膛，那声音更加铿锵有力。

那是东方的心跳声，它镌刻在小乔的身体里，难以磨灭。

此刻，那声音终于又来了，“扑通，扑通”，“扑通，扑通”，小乔激动地抓紧了小希的手，泪流满面……

太阳升起来，带来一个好天气。

病房里静静的，所有的呼吸都是轻轻的，他们在等着小希。

慢慢地，小希睁开了眼睛，她看到了爸爸、妈妈、小乔、千山，还有沈明。

“我还活着？”小希气若游丝。

“当然了，你还有一百个生日要过呢，赖皮可不行。”沈明凑到小希身边，小心地看着她。

张小希笑了，吃力地一笑。

妈妈抚着小希的脸，“小希，感觉怎么样?”

“妈妈，我很好。”

爸爸握着小希的手，说：“你小乔姐姐在手术室里陪了你一整夜。”

张小希看着小乔说：“我知道。”

小乔有些意外地望着张小希。

小希说：“我能感觉得到。”她冲小乔深深地一笑。

小乔靠到床边，握住了小希的手。

张小希指了指自己的胸口，“你听……”

小乔看了小希一眼，把耳朵轻轻地放到她的胸口上，那声音来了，“扑通，扑通”“扑通，扑通”，是东方的心跳，铿锵有力的心跳。

小乔泪光闪烁，说道：“跳得好带劲儿啊。小希，医生说，有轻微的排斥反应是正常的，你很快就没事了。”

“你们放心，我一定会好好活着，要不然，你们都会担心我。”张小希停顿了一下，“小乔姐，我和东方哥哥的心连在一起，你也一定要好好活着。”

小乔点点头，“一定。我们大家都要好好活着。”

千山的眼睛湿润了，沈明流泪了，两个大男人狼狈地擦着眼泪，那一刻，所有的人都听到了那个声音——“扑通，扑通”，“扑通，扑通”。

东方也走进了病房，他跟小希握手，他冲小乔微笑。

阳光温煦地投射进来，打在东方脸上，有一种奇异的光芒。

从医院出来，小乔对千山说：“我跟惜云约了晚餐。”

“那我来买单，一起吧。明天就回北京了，也只有今晚了。”千山说。

“一起好吗？要不你们俩单见吧，我在你们也不方便说话。”小乔看了看千山。

“这有什么不方便的，大家都不是外人，要不再约上她老公，我们四人一起见吧。”

“那你跟惜云说。”

“好。”千山应下来，一派轻松的模样。

那一晚，四人晚餐，惜云带上了老公。她一头利落的短发，脸上有幸福的光晕。

千山一块石头落了地，这顿饭，他可以尽兴地吃。

小乔细细地观察惜云，女人对伪装的幸福通常比男人敏感。

惜云的老公很健谈，跟千山大谈他在美国的生意经，小乔插不上话，也听不大懂。

惜云偶尔插几句话，不痛不痒的。

千山和惜云都在互相躲着眼神，偶尔四目交汇的时候，总是飞快地掉转开。

千山提议要一瓶红酒，庆祝在美国的欢聚。

在给惜云倒酒时，她老公挡住了，“她就不喝了，对胎儿不好。”

千山和小乔同时一惊，转而惊又变成喜。

“惜云，你又怀孕了？恭喜你啊。”小乔贺道。

“是啊，今天好事成双啊。”千山说道，笑得却不自然。

“我是一直喜欢孩子的，上次是我自己不小心，孩子没保住，这次我可要小心了。我老公很疼我，什么活儿都不让我干。”惜云笑吟吟的。

小乔睨着惜云，惜云的笑令她意外。

酒过三巡的时候，惜云的老公小心地替惜云擦去嘴角的汤渍，“你看你吃饭还像个孩子似的。”

惜云温柔地一笑，抬头时正对上千山不自然的眼神。

惜云马上说：“千山，快给小乔夹菜啊，别光顾着自己吃。”

小乔马上插话：“不用，我自己来就行，我哪用他夹菜啊。”

惜云老公说：“咦，这可不一样啊，你自己夹菜和男人给你夹菜怎么会一样呢？楚小姐，你也要给男士一点儿机会嘛，女人太强势了会把男人吓跑的。”

小乔一时语塞，干在那里。

惜云老公又对着千山说：“千山，你也要主动一点儿啊，男人追女人就是要狠一点儿，不然女人怎么能感动呢？想当年我追惜云的时候，那可是下了血本的。我当时一见到她就给自己定下了目标，一定要一星期之内确定关系，不然这么漂亮的女人很容易被别人抢走的。”

惜云、千山、小乔都用一致的微笑填满了这个说话的空当。

微笑是掩饰尴尬的最好方式，好似每人都熟知这一点。

接下来的谈话基本被惜云的老公包场了。

其他人都是配合着说两句。

小乔索性埋头吃菜，美国的中餐馆，味道并不好，可小乔那天吃得特别多。

分别时，小乔拥抱着惜云，“我要当宝宝的干妈。”

“那还用说嘛。”惜云灿笑。

千山握了握惜云的手，又同时握了她老公的手，“一定照顾好孩子，祝你们幸福！”

“也祝你早日有个好归宿。”惜云定定地看着千山。

最后，惜云又和小乔抱了抱，她悄声说：“千山是个好男人，你考虑一下啊，我祝福你们。”

"别胡说了。"小乔瞪了惜云一眼，又大声说道，"等孩子生了，我再来美国看他，一定是个漂亮的乖宝宝。"

回酒店的路上，小乔憋了好久才说："真希望我们看到的是真实的一幕，我只担心惜云不幸福。"

千山说："你别多心，他们挺恩爱的，有了孩子，这个家就稳定了。她老公对她不错，这种感觉是装不出来的。"

"但愿吧。"小乔把目光投向车窗外。

女人要孩子，一种是期待，一种是妥协。希望惜云选择的不是妥协。

"惜云现在这样，我倒挺放心的，她整个人也调养得不错，她现在应该挺幸福的，这是她一直想要的生活。"千山淡淡地说。

"但愿吧。"小乔又重复了一句。

惜云的话又暗暗地追过来："千山是个好男人，你考虑一下啊，我祝福你们。"

小乔拼命抵住这句话，不让惜云再重复。

风呼啦啦吹进车里，把小乔的头发吹得乱七八糟，千山顺手想帮小乔捋一下头发。

刚一伸手，小乔拼命一躲，脑袋差点撞到后座的车门上。

千山尴尬地把手伸回来。

女人给男人的打击其实不是拒绝，是躲。

26

北京的机场早已充沛着夏天的味道。

小乔的脸沐浴在阳光中，有一种说不出的美丽。

一段旅程若有两个男人护航，那个被呵护的女人再没有惆怅的事。

机场大厅，小乔跟这两个男人道别，他们却异口同声地说：“我送你吧——”

小乔一笑，这笑令千山和沈明一阵局促。

小乔招手打了一辆车，“上车，今天我送你们俩。”

三人一同上了车，神情各异。

“先送沈明吧，他离机场近。”千山说。

“我没什么急事，还是先送千山回球队吧。”沈明说。

“顺路开吧，先路过谁就送谁，这个还争啊？”小乔看着窗外，心里发笑。

两个男人尴尬一笑。

男人之间的较量是在尴尬时谁笑得最自然。

沈明就比千山笑得好。

他一路跟小乔说东道西，调节气氛。

沈明下车后，只有千山和小乔相对时，车里的气氛就不乐观了。

“北京热得真快，走的时候还没觉得，回来就这么热了。”小乔用天气来搪塞。

“我们可能马上要去外地集训了，有事别自己扛着，打电话给我。”

千山总是这样周到，小乔最恨他这一点。

对付一个无懈可击的人，其实是没有办法的。

接下来的日子按部就班：小乔忙着采访，有时熬到深夜；沈明时不时约小乔聚餐，多半拒绝；千山去了外地集训，两个月没有消息……

就在千山去外地集训的第三个月，小乔在日历上圈了一个日子，那是东方离开的日子，一年了，心痛了一整年。

那个特别的日子，小乔想去云南看看东方的父母。

临行前，她却突然想到了一个地方。

随手打了一辆车，小乔直奔静月山庄。

三号楼，二单元，四号。

小乔站在门口，想要敲门，却又觉得突兀。

在门口犹豫了好一阵，一个年轻女人走上楼来。

小乔一见有人来，立即转身想走。

与女人擦身而过的时候，女人却把她叫住了："楚小乔。"

小乔一蒙，回身看她，一时又想不起那女人的名字。

"怎么，不认识我了？还是我不化妆你就把我当另一个人了？"那女人笑道。

小乔觉得面熟，可就是叫不出她的名字，"你是？"

"徐盈盈。你还做过我的采访，这么快就忘了？"

"啊，是你呀，你换了发型我一时就对不上了，怎么，你住这里？"小乔问。

徐盈盈指着四号门牌说："对，我就住这儿。"

小乔脸色一沉，她有些意外。

"既然来了就到我家里坐坐吧，上次你给我做的那版还真是不错，我一直还想当面谢你呢。"徐盈盈边说边开了门。

小乔一时愣在门口，进退不是。

"快进来吧，给你拖鞋。"

小乔接过鞋硬着头皮进去。

这是东方的新居吗？小乔四面环视，充满好奇。

"你不会是专门来找我的吧？"徐盈盈似笑非笑。

"……我是来找一个朋友……"小乔不流畅地回答。

“如果我没猜错，你是来找陈东方吧?”徐盈盈笃定地说。

“……”小乔惊住，语塞。

徐盈盈接着说：“我知道陈东方以前住在这里。”

小乔完全不能思维，身体僵硬地立在那儿。

“来，带你各屋子看看，别站那儿啊，我们也算是朋友了，不用拘束。”徐盈盈把小乔拉到卧室，“我这房子也没好好装修，想尽可能保留原样吧。”

看着那张蓝白相间的双人床，小乔心里一凛。

以前东方这样说过：“我们以后买个大点的双人床，要蓝白相间的，我就喜欢蓝条纹的，男左女右，孩子睡中间好不好……”

从卧室转到厅里，小乔绷不住地问：“你认识陈东方?”

“怎么会不认识，他可是著名的球星。”徐盈盈看着小乔，那眼神令人惶惑不安。

“怎么那么巧，你正好租到了这间房子?”小乔直面自己的疑问。

“不是租，是买。我一直想买房子，正好有人想卖这间，我看价钱合适就买了。”徐盈盈喝了一口果汁，把原本披散的长发盘在耳后，“正巧又是东方住过的，连家具也送，买下也不吃亏吧。”

“你跟东方很熟?”小乔低声问。

“还可以吧。”徐盈盈一起身，“对了，你吃不吃水果，别干坐着，我给你拿点好吃的。”

“不用了，我不想吃东西。”小乔忙道。

徐盈盈已走入厨房。

小乔仔细环顾这间房子，完全找不到东方的影子，他的气息却无处不在。

茶几上放着一张徐盈盈的美人照，小乔拿起来看，却发现里面还夹着照片。

小乔好奇地抽出一看，那画面差点令她窒息。

东方搂着徐盈盈，满脸醉意。就在照片的最边角，竟然是千山的半张面孔！

小乔捂住了嘴，她怕自己叫出声来。她飞快地把照片抽出来，塞进包里。

“吃苹果还是香蕉？我这儿还有梨呢，我就喜欢吃水果，所以总买一大堆回家，结果总是吃不完就坏了。”徐盈盈端着果盘走进客厅。

小乔迅即把相框放回茶几上。

“这是去年拍的，怎么样，跟现在有变化吗？”徐盈盈坐到小乔旁边，没注意她脸上的惊慌。

“还好吧，基本没什么变化。”小乔说着站起来，“对了，突然想起我还得回报社一趟，我先走了。”

“怎么才坐一会儿就要走啊。”徐盈盈也站起来。

小乔压抑住自己的慌乱，“我得赶回去发稿，差点忘了。”

“有空你就来找我玩吧，这个月我都会在北京。”

“好，bye－bye！”

小乔落荒而逃。

逃出去却没有了方向。

一口气跑到一个没有人的地方，小乔再次把那张照片拿出来。

那是东方，千真万确。

他一手搂着徐盈盈，一手握着麦克风，五官醉到变形，旁边竟然是千山！

小乔几乎把这张照片看到骨子里，发疯般地瞪视。

她掏出手机，拨通千山的号码，劈头盖脸地问：“郑千山，你在哪儿?!”

“小乔，怎么了？出什么事了？”小乔的声音把千山吓一跳。

“我问你在哪儿?”小乔吼道。

“我在外地，明天回北京，出什么事了，小乔?”

“好，明天见个面，见面说。”

小乔挂了电话，怒气凝在脸上。

一年前接到东方噩耗的时候，小乔快不能活了；一年后，看到这张照片，却是另一个噩耗。

濒死的心情又来了，小乔不能抑制地饮泣起来，看得路人都忍不住回头。

27

千山回北京的路上心里一直都在打鼓，他知道一定有事发生了，可他猜不出会是哪一出。

飞机一落地，他就给小乔拨了电话。

小乔说了见面地点，千山直奔而去。

小乔报社对面的一家茶吧，千山忐忑地走进去。

小乔早已等在那里，看她那神色，千山心里一沉。

“你有事瞒着我吗?”小乔劈头盖脸地问。

“什么事儿? 你指的什么?”千山懵然。

“东方的事。”小乔脸上怒出棱角来。

“我不明白。”

“东方背着我找女人，你知道吗?”小乔瞪视着他，她想知道真相，又怕自己承受不住。

“……怎么会呢? 小乔，你怎么怀疑东方呢?”千山一脸无辜的样子。

小乔从包里拿出照片，“啪”地扔在千山面前。

千山看着照片，一头额汗。

“怎么解释？”小乔不依不饶的，仿佛犯错的人是郑千山。

“……”千山蒙住，思维混乱到不能言语。

片刻，他把目光从照片上移开，“这照片你哪儿来的？”

“我问你怎么解释？!”小乔再问一遍，口气更狠。

“这照片这么不清楚，肯定是电脑合成的，一张照片你也信啊。”千山换了个姿势，掩饰住情绪。

“我告诉你不是电脑合成的，那天你也在场，你还装傻吗？”小乔不客气道。

“噢，我想起来了，那天是我生日，喝多了，酒后的照片根本不能看的。”千山又换了个姿势，脑中飞快地组织语言。

“你生日怎么没邀请我？惜云呢？也不在场？”

“那天是临时决定的，就没叫。”千山试图镇静。

“那女人你也认识吧。她什么时候和东方好的？”

“不是你想的那样，那女的是别人带来的，说唱歌特好，就一起去了 KTV，你也知道东方爱唱歌，所以大家就一起唱了。我现在连她名字都记不得了。东方也不认识她，都是那天才认识的，后来也就没联系了。”千山喝了一口茶，收敛所有表情。

“你记性这么差？我告诉你，她叫徐盈盈，是个歌星。”

“好像是吧，这都是好早的事了，真记不清了。东方肯定也不记得了。”

“怎么会那么巧，她现在住着东方的房子，静月山庄。”小乔死死地盯着千山，那目光要杀死人。

“是吗？我还真不知道。”

“东方背着我搬去了静月山庄，就是为和她住在一起，对吗？!”小乔不依不饶。

“……没有的事，当时他说想买套房子给父母，就买了静月山庄的，我也没想到他会买得这么快……”千山挖空心思解释。

“还瞒着我是吗？东方都已经不在了，还有必要瞒吗?!”小乔眼角噙着泪。

“小乔你听我说，真不是你想的那样，东方搬进静月山庄也没多久，他的房子再租给别人也很正常啊。”

“怎么偏偏就是徐盈盈!”眼角的泪终于绷不住地落下来。

千山最见不得小乔的眼泪，他焦头烂额地解释：“真的是巧合，那儿的房子不便宜，可能也只有歌星租得起，这也正常啊。小乔你多心了。”

“那房子徐盈盈根本不是租的，她是买的！东方他为什么要搬家，静月山庄的事他都没提过一句，这不是隐瞒是什么?!”

“我不是早跟你说了吗，他还没来得及告诉你，因为比赛去了，他本来是要回来告诉你的，谁知发生了车祸……”

“他以前什么事都跟我说的，搬家这么大事，他之前就应该告诉我!”

“他那段时间真是忙。”千山耐心地解释。

“好，你不肯说是吗？那我直接找徐盈盈摊牌，她总会知道真相吧。”小乔五官纠结在一起。

“小乔，你冷静一下，你这又何必呢？东方已经不在了，你追究这些又有什么意义?”

“没意义我也要追究！事情总有真相吧。”

小乔说着站起来就要走。

“小乔，你不能去!”千山一把拉住她。

“为什么不能，你怕她说出真相是吧。”小乔回身看着千山，看得他心里发毛。

“只是一张照片，你就要去追问人家，合适吗？逢场作戏谁没有啊，再说男人一喝醉了就爱胡闹，其实根本不知道当时在干什么。东方爱喝酒，你也是知道的。”

“那怎么搂着徐盈盈的人不是你啊?!”

“是我的时候，你也没看到啊？就是当时不知谁瞎拍了张照片，你怎么能当真呢？男人喝醉酒了不都是这样。”

小乔不吭气了，情绪稍稍稳定。

千山接着说：“你想啊，就是一歌星，这种女人东方怎么可能认真呢?”

小乔不说话。

“你看看徐盈盈多难看啊，她怎么能和你比，东方也不傻，他怎么会选徐盈盈，要选也得选个比你强的吧。”千山像是做心理辅导一般。

“小乔，你遇事就爱激动，你这样怀疑东方，他知道会多难受，你不想想他的感受?”

这样一说，小乔无话了，刚才逼人的气势尽失。

“我要是你不会去找徐盈盈对质，这说明你对东方就不信任，也会被她嘲笑，何必给人以话柄呢？她再传出去，反而不好……小乔，你相信我，别这么冲动……”

渐渐把小乔的怒气抚平了，千山自己却背上了心事。

他把小乔送回报社，立刻打车去了静月山庄。

一阵急促的门铃，徐盈盈开了门。

她看到千山，颇感意外。

“郑千山，你怎么来了?”

千山不客气地走进去，“有件事我想拜托你。”

看着千山不容置疑的表情，她想不出会是什么事。

“能有什么事让你拜托我呢?”徐盈盈眉头一挑。

“楚小乔可能会来找你，你跟东方的事我希望你不要提。”

“楚小乔？她是来找过我。”徐盈盈坐到沙发上，波澜不惊的。

“她找过你了？你跟她说什么了?!”千山紧张地跟过来。

“我什么都没说啊，大家聊聊天。”

“她怎么会有那张照片？”千山问。

“什么照片？我可没给她什么照片。”

“KTV 唱歌那次，东方搂着你的那张照片！”千山一脸火光。

徐盈盈想了一下，立刻拿起茶几上的相框一看，明白了。

“原来她翻了我的照片，偷偷拿走了，看不出她手还挺快。”徐盈盈讽刺地一笑。

“你和东方的事早已过去了，现在东方也不在了，这件事我不希望小乔知道。”千山喝道。

“她知道怎么了？我跟东方的事她早晚也会知道。”

“你何必让她知道？你以为这是件光彩的事?!”千山发怒。

“我跟东方怎么就不光彩了？他爱我，我也爱他，我们光明正大，如果东方不出车祸，现在我们俩早就结婚了！”徐盈盈毫不示弱。

“徐盈盈，你别天真了！你以为东方对你是真感情？那你也太不了解东方了。酒后乱性的事你还当真了。”

“什么酒后乱性？告诉你，这房子就是东方给我买的，他给小乔买房子了吗？你搞清楚！”徐盈盈的声音一浪高过一浪。

“我天天跟东方在一起，我能不知道他的真实想法吗？我也告诉你，东方出事前跟全队的人说他要娶小乔！”

“你胡说！”徐盈盈激动起来，“你有什么证据？东方亲口跟我说比赛回来要跟小乔谈分手的。”

“那是比赛前说的好不好？比赛后他就改变主意了，他知道他心里爱着的是小乔，所以回来他是要跟你说分手！”千山口气强硬。

“郑千山，请你讲话实事求是，你愣把你的想法加到东方身上，你不觉得可笑吗？”徐盈盈用了另一种口气。

“我说的是事实，信不信由你！”千山也换了种口气。

徐盈盈目不转睛地盯着千山，“我突然觉得很奇怪，这是我和东方之间的事，关你什么事？你有什么权力来评判？”

“是，当然不关我事，我只是希望这件事到此为止，何必要让一个无辜的人跟着受伤害？小乔深爱东方，你应该也知道。再说这件事说出去，对你有什么好处？你现在是名人，难道你还想借这事儿炒作？”

“我没那么无聊吧。凭我的实力还用炒作？”徐盈盈不屑地说。

“你这样想最好。”

徐盈盈眼珠一转，从沙发上站起来，“我看小乔是爱错了人，她当初要是选了你，还会受伤害吗？”

“徐盈盈，你别扯别的，我是为你好，你要愿意说，跟我也没关系，你自己掂量吧！”千山气呼呼地转身离开。

门咣当一关，徐盈盈一个人愣在屋里。

东方从门缝里跑出来，围着她笑。

她心里不是滋味，究意郑千山说的话有几分真实？

东方明明亲口承诺要跟小乔分手的，怎么可能一场比赛下来全变了？

东方早已不爱小乔了，怎么可能比赛回来要娶她？怎么可能?!

徐盈盈心乱如麻。

都是那场该死的车祸，如果东方现在还活着，事实总会给她一个交代。

如今却只有这间空屋子，独面墙壁，无人诉。

不知不觉，徐盈盈竟饮泣起来。

一次聚会，徐盈盈认识了东方。她对他一见钟情。

女人都喜欢笑容迷人的男人，即使那个男人有了自己的女人，也要发誓夺过来。

徐盈盈拼命查楚小乔的资料，她自信能夺回来。

她年轻，有身段，有名气，这些方面都赢得过小乔。

她主动邀约，创造见面机会。

趁着那次东方醉酒，他们一夜春宵。

眼看着快要好事将近，东方却出了意外。

明明就要胜利在望了，偏偏胜利的果实没有了。

东方对女人不错，给了她静月山庄的房子，刚搬进来几天，谁知意外突如其来。

从此，她看到楚小乔是别样的心情。

她们爱着同一个男人，却分不清男人究竟更爱谁。

就快要有谜底的时候，东方却把答案永远地带走了。

最令徐盈盈不服气的是小乔拥有东方三年，而她三个月都不到。一想到这一点，她就委屈。

无人知道此事，却瞒不过郑千山。

他太老到聪明，没有能瞒过他的事。

没想到他会找上门来，居然是为了楚小乔。

这一点，徐盈盈心里酸溜溜的，明明就是一个姿色平凡的女人，却有两个男人为她倾倒。凭什么？

为她倾倒的男人也有大把，大半都是别有所图，纯粹的喜欢几乎无迹可循。一想到这点，心情就落寞。

楚小乔一定会再来找她，她有这种预感。

女人之间为同一个男人，是要讨个说法的。换作她是小乔，她也会这么做。

只是她不知该不该实话实说。

郑千山的话不无道理。

可她心里不甘，她要赢过小乔，她要让小乔明白东方爱的是她。

这是女人的面子问题，不关声誉。

徐盈盈窝在沙发上思忖着，目不交睫。

跟千山分别后，小乔回到报社。愣愣地在办公桌前干坐了一个钟头，仍安不下心来。

千山说得句句在理，她挑不出什么。

只是她知道千山一定有所隐瞒。

男女关系中，有时隐瞒是种善意，但对女人来说，宁肯不要这种善意。

女人喜欢在伤口上撒盐，自虐般。

小乔睨着徐盈盈的手机号，欲拨又止。

她要知道真相，她又怕知道。

正在犹疑的当儿，手机响了。

是沈明。

“小乔，好久没联系了，最近忙什么？”

“工作啊，一堆采访要做。”小乔调整语气。

“要不要我帮忙啊？我可以做你的助手。”

“不用，我一个人可以，再说也有同事。”

“好久没见了，一起吃个晚饭？”

“要加班。”

“饭总得吃啊。”

“真离不开，改天吧。”

“那好吧，下次可不能再拒绝我了。”

“好。”

收起电话，小乔又恢复到纠结的状态中。

看了一下表，下午三点整。

差点错过了采访，小乔抓起包，跑出报社大楼……

28

平淡地过了一个月。

小乔拒绝跟任何人联络。把自己隔绝起来或许是个解脱的方法。

东方和徐盈盈的事，她踩了刹车。

不是她不想知道真相，是害怕。

她知道徐盈盈一定知道答案，她却不想给她机会。何必让她炫耀？

况且还有一半的几率，或许就像千山所说，只是一个误会。

这样想着，尽管情绪黯然，总好过亲手去揭开伤疤。

楚小乔以为此事告一段落，没想到峰回路转，故事又起波澜。

两个女人的碰面有点戏剧性。

是在医院。

徐盈盈把头发染得金黄，小乔一时没认出来。

徐盈盈看小乔也是一愣，没想到她会把头发留长，多了一丝女人味。

忙不迭地互看对方。

“楚小乔，这么巧，你身体不舒服？”徐盈盈先开口。

“是来体检。”小乔扬起一条眉毛，“你呢？”

“有点感冒，来看看。”

她们打了个招呼，就走开。

彼此却又觉得有未说出的话。

小乔先回头，“一会儿你有没有空？”

徐盈盈回头，“有事？”

“一块儿坐坐。”

“好。”

那次碰面是个意外，小乔却觉得是注定的安排。

咖啡馆里总有故事，两个女人亦能撑起一台戏。

“喝点什么？”小乔问她。

“卡布奇诺。”

小乔冲侍应示意来两杯。

“东方最喜欢喝这种咖啡，看来你也喜欢。”小乔努力一笑。

“不用在我们俩身上找共同点吧，其实咱们俩共同点更多。”徐盈盈的妩媚自眼角流露。

“有吗？我怎么没看出来，一个歌星和一个普通人怎么比？”

徐盈盈挑了挑眉，“我也是苏州人，咱们是老乡。”

“呵，真没看出来。”小乔脸上挤出笑。

“怎么，我不像苏州人吗？”

“看你的身材，我以为你是东北人。”

“苏州人也不都是娇小的啊。”徐盈盈喝了一口咖啡，沉默住。

“专辑卖得怎么样？”小乔先打破沉默。

“还可以吧，不过现在唱片市场不好，比我们预期的要差。”

徐盈盈喝了一口咖啡，又是一阵沉默。

“你怎么样，有男朋友了吗？”徐盈盈略带笑意。

小乔摇摇头，“工作很忙，没有时间。”

“还忘不掉吗？”徐盈盈睨着小乔。

小乔避而不答，却问：“……你呢？”

“我？”徐盈盈匆忙一笑，“我也没有男朋友，娱乐圈很不可靠。”

“我是问你也忘不掉吗？”小乔眼睛睁得滚圆。

“忘不掉谁？”徐盈盈故作镇定。

“陈东方。”小乔一字一顿。

“陈东方？我为什么忘不掉他，他都死这么久了，是球迷也不惦记他了。”徐盈盈笑道。

小乔也跟着一笑，“看来球星的价值也有限，一死都没人惦记了，不像歌星，死了多少年歌迷还念念不忘。”

“所以幸好我选择做歌星，看来还是明智的。”

那一天的谈话是一场眼神的较量。看似面带笑容，眼神却恨不得将对方杀死。

女人之间不适宜动手的，动嘴也不雅，眼神交流比较好，谁的眼神更有杀伤力谁就赢了。

那场谈话很累。嘴上在聊天，内心翻江倒海，苦不堪言。

幸好她们都伪装得很好，不撕破面具，是女人的度量。

徐盈盈也是个爽快人。她已深知小乔，她听了千山的话，不伤人恐怕也是对自己最好的保护。

小乔也不追问了，仔细看过徐盈盈的表情，她已明白。

“我的最新单曲要出了，到时我送你啊。”徐盈盈大方地说。

“好啊，快递给我。”

“其实……郑千山很适合你，为什么不考虑他呢？”徐盈盈声音变得柔和。

“……”小乔眉头一蹙，一时接不上话。

“他挺男人的，也很有安全感。最主要的是他对你用心。”徐盈盈的目光也柔和起来。

“是吗？没想到你这么了解千山，我以为你只对东方有兴趣。”

小乔语气一扬。

轮到徐盈盈语塞。她喝着咖啡，忽而一笑，“了解谈不上，只是一种直觉，你就当我没说。”

“有空到我家来坐坐，我煮咖啡给你喝。”徐盈盈最后这样说。

“好啊，有空我会去静月山庄。”小乔跟她告别。

就在分手的那一刻，徐盈盈突然半开玩笑地问：“你说如果东方还活着，他会选你还是我？”

小乔内心猛地一刺，很痛，“可惜没有如果，谁都不会知道下一秒的事，如果他选了你，可能下一秒就不是你。”

“呵，这个选择题还是挺有意思的。不过，我要是你，我不会选东方，只会选千山。”徐盈盈带点感叹。

“可惜你不是我……不过，我要是你，我不会选东方，会选更有钱的。”小乔不甘示弱。

徐盈盈笑笑，“幸好我不缺钱。有空来家里坐。”

小乔点点头，把微笑坚持到最后。

走出咖啡厅时，她们彼此挥了挥手，没有打算再见，却还是笑着说：“再见！”

分别的那一刻，小乔突然有点不恨她了。

她是个有味道的女人，不浅薄。

东方有喜欢她的理由。

小乔重重地吸了一口气，好像卸下一副重担，肩膀轻了一大块。

徐盈盈要是个泼妇多好，一定狠狠扇她一记耳光，再骂她不要脸的狐狸精。

可她偏不是。

小乔心里苦笑了一下。

当小三不是泼妇、也不是狐狸精，甚至比你也丝毫不逊色时，那你还能怎么办？只有心里苦笑了。

回到家里，小乔已觉得自己是个战败的女人，没有精神。

打开电脑，有两封未读的信。一封来自小希，一封是惜云。

几个月都没有惜云的消息了，小乔先看了她的信。

是一个陌生宝宝的照片，眼睛还未睁开，样子丑丑的，但很可爱。

是惜云的宝宝，她生了！是个男孩儿。

小乔不自觉地笑了。

再打开另一封。小希说她又可以跳舞了，很振奋的消息。

女人的幸福是会感染的。

小乔替她们高兴。她觉得自己像一只孤雁，却也有祝福别人的心肠。

夏天快要结束了。惜云的宝宝生在了天秤座，跟东方一样，将来该不会又是个花心萝卜吧。

小乔这样想着，嘴角翘起一个弧度。

又是一个目不交睫的夜。

29

就在夏末秋初的时候，小乔和沈明见了面。

沈明执意要见她，不容拒绝。

小乔赴约了，她早已不讨厌沈明，却始终谈不上喜欢。

对不讨厌也不喜欢的男人，女人会偶尔赴约的，一切看心情。

只是这一次，沈明却将以前的笑脸收起来，令小乔讶异。

“有事要跟我说？看你脸色不对。”菜吃到一半，小乔终是问了。

“一直想跟你说，不知怎么开口。”

这话刚听，以为是求婚，可看他的表情又不似。

“说吧，跟我还用瞒吗？”小乔已觉气氛不对。

“小希……”

“不要说。”小乔打断他。她知道出事了，心如刀割般。

“小乔……”

“我不想听了……”小乔神色黯淡下来，最坏的结果已经明了。

“我是上周知道的，一直想打电话给你，可又说不出口，心里很难受。”沈明眼圈渐红。

小乔绷不住了，那是东方的心脏啊，“扑通，扑通——”那铿锵有力的声音再也没有了。泪止不住地流。

“小乔，别这样，我就是怕你这样，才没敢告诉你。”

“上个月她还发信说她又能跳舞了，你知道吗？小希又能跳舞了——”小乔哽咽道。

“我知道，我们都以为她没事了，谁知道会突然恶化……”

“怎么不及时抢救，美国的医生这么差劲……”小乔说不下去。

“送到医院已经没气了。”

小乔把脸转向窗外，头一次在沈明面前这样狼狈。

“留下什么话了吗？”小乔抹了眼泪问。

“没有，因为走得太突然了，晚上的时候突然就呼吸不畅了，什么话也没说……”

两人都沉默了。

小乔用手抵着额角，内心一片凄凉。

东方的心走了，是谁把他带走的？

如果他内心早已装着另一个女人，那颗心早晚要破。

这样想着，她慢慢止住了泪。

她替小希惋惜，“她才十八岁啊，太年轻了。”

“比起她，我是太幸运了。”沈明看着小乔，“东方救不了小希，却救了我。”

提起东方，小乔换了脸色。

此时她不知该用怎样的情绪，五官纠结在一起。

见小乔不说话，沈明接着说：“我知道小希一走，也把东方的心带走了，我知道你会更难过。”

他想起在美国时，小乔守了小希一整晚，握着她的手，一直不肯放。

“我更替小希难过。”小乔应了一句。

沈明诧异地看着小乔，他不解这一句。

“一切都有安排的，如果不是移植东方的心，或许小希还能活……”小乔低声说。

这一句更令他不解，“如果没有东方的心，小希只会走得更早。”

“我是说，如果她移植了别人的心脏，或许会不一样。”

“话不能这么说，找到一个完全匹配的心脏是非常难的。”沈明狐疑地看着小乔，他忽然觉得眼前的小乔令他看不透了。

沉默中，沈明问：“再加个菜吧，菜都凉了，你也没怎么吃。”

“没胃口。”小乔脸色发白。

“最近千山怎么样？”沈明换了话题。

“没联系。他应该忙着训练比赛。”

“其实我挺妒忌他的，跟他一比，我哪方面都不占优势。”沈明自嘲地说。

“为什么要跟他比？”小乔问。

“他跟我一样喜欢你，当然是跟情敌比。”沈明说得一派轻松。

“别提这个。”小乔拉下脸。

“按理我不该替情敌说话。可他做得让我没话说，他比我周到。”

“他……是个好人。”小乔缓缓说。

“我知道在你心中，他没法跟东方比，那我就更不用提了。”沈明讪笑。

“我想回去了，肚子有点不舒服。”小乔找了个理由。

“那我送你。”

“不用，坐车很方便。”

“别跟我客气，我外表比不上东方，但内心我自认是不差的。”

小乔笑笑，跟着沈明走出去。

天色已黑，那一晚，小乔突然觉得沈明也有可爱的地方。看似瘦弱的他，比从前高大了许多。

女人心靠温情打动，只是小乔已没有心情去细细体味了。

小希的死令她痛。

东方的心令她痛。

徐盈盈的笑令她痛。

身体全被痛占据了，再没有其他可以感觉。

第二天，千山也打来了电话。

他刚一提小希的事，小乔说：“已经知道了，不想再听第二遍了。”

一句话把千山顶了回去。

片刻，小乔已觉自己无理，又解释说：“心情很差，所以也不太想说话。”

千山嗯了一声，他明白。

只是他不想那么快放下电话，还想再说什么。

小乔打圆场："惜云的宝宝生了，你知道吧？"

"她也给我发邮件了，看照片了，很可爱。"

"是很可爱，她一直想要男孩，还真生了个男孩。"

"很替她高兴，只是小希走得太突然了。"千山又把情绪带回来。

"是，她太年轻了。所以我们更要好好活，不辜负死去的人。"小乔竟来安慰他，令千山意外。

"小乔你这样想我就放心了。"千山松了口气似的。

"没什么不放心的，人总是要死的，多活的那些日子快乐最重要。"

"嗯。"千山应道。没想到这次小乔比他想象中坚强。

"现在忙吗？抽空出来聚聚，这个月我应该都在北京。"千山再追一句。

"好。再约。"

小乔放下电话，才发觉室内静寂一片。

办公室何时这样安静？

这才发现午餐时间已过半，可她觉不出饿。

两天没正经吃东西，她竟觉不出饿。

夜晚失眠。

将近凌晨才入睡。

梦里东方搂着徐盈盈，他们做爱，浓情蜜意，就在静月山庄。

真实得不像梦境。

小乔惊出冷汗，却不肯醒。

她追问东方，为什么要这样？

东方笑笑：一直没机会开口，怕你接受不了。

没有那次车祸，我们应该会谈到分手吧？小乔逼问。

东方不答。

任小乔怎么逼问都不答。

就这样醒了。额汗涔涔。

是个梦。小乔安慰自己。

洗了把脸，啃了几口面包，小乔赶去报社。

同事张燕递给她一个包裹，来自美国。

小乔躲到角落里拆开。

是小希，是她！

小乔姐姐：

我知道这一天一定会来，我怕来不及对你说，不如早早写给你，有一天我不在了，你也能收到这封信。

活到今天已是感激，我除了向你们说感谢真不知还能做些什么。

我走后，希望小乔姐不要难过，我祝小乔姐幸福。

沈明哥哥和千山哥哥，我都喜欢，你跟了他们中的一个，我也高兴。

私下里，还是觉得千山哥哥跟你更般配。（这话悄悄说，不能告诉沈明哥哥。）

最近身体时好时坏，不知会在哪一天离开，如果我哪天走了，一定是开心地离开的。你们不要替我难过，只是我太辜负了东方哥哥的心，这点我是极不安的。

我知道小乔姐会比我更难过，所以我写这封信就是要向你道歉，我没能看护好东方哥哥的心，请你原谅我。

这个护身符我一定要还给你，我走后，东方哥哥会保护你。

我走了，在天堂里我也会想你们，来生我还要跳舞，跳给你们看。

最后要跟小乔姐说，我也填了器官捐献表，相信小乔姐一定为我高兴吧。

祝姐姐快乐幸福！

小希

小乔攥着那个玉坠，攥得手心发疼。

泪早已漫天漫地。小乔狠狠咬住自己的手背，不让自己哭出声。

信看了一遍又一遍，泪把信纸打湿，濡湿了一片。

跑到厕所洗了把脸，小乔努力控制自己的情绪。

中午张燕找她一起吃饭，她推托。

谁知张燕说是工作的事，一定要谈。

饭桌上张燕看出小乔的情绪，可工作不能讲情面，她开口道："小乔，有个事本来应该是主任找你谈，可主任后来又找了我，想让我跟你谈。我呢也算是你的大姐，有什么话，咱们就直说了。"

小乔一怔。

"是这样，我不知最近你在网上看没看到，东方和徐盈盈的事。"张燕说得极慢。

"什么事？"

"就是他们的绯闻，网上有一名记者爆料，说徐盈盈和东方是情人关系，而且他们已同居在一起……"

"这事我不太想听，歌星想出名就靠炒作，无聊！"小乔拉下脸。

"其实我也觉得挺无聊的，我相信东方也不是那样的人。只是因为现在这事各个报纸都在炒，如果我们这家报纸不报道，好像有点跟不上形势……用主任的话说是没抓住热点。我知道这事对你很不公平，所以主任想让我找你商量，希望你不要介意……”

小乔噌地站起来，“咱们报社有必要去蹚这趟浑水吗?! 都已经是死去的人了，连死人也不放过吗?!”小乔一激动，泪又止不住滑下。

张燕赶紧拉住了小乔安慰，“小乔，你千万别生气，这不就是怕你这关过不了，主任才让我特意找你谈嘛。我也特烦跟风报道，可咱要是不说说这事，领导那边就觉得没抓住社会热点，领导也有他的立场啊。”

“那既然这样还找我商量什么，你们想怎么登就怎么登吧，问我干什么?!”小乔抹去眼泪，愤愤的表情。

“小乔，我希望你也理解一下，做娱乐版就是这样，只是这事有点凑巧，偏偏他就是东方。这事领导也考虑过你的感受，让我来报道这事，所以我想跟你商量，看看这事该怎么处理。”

“你想怎么写就怎么写吧，难道还要我提供素材吗?!”小乔瞪视着她。

“当然不是，你看……这事……我就是想跟你商量，你说该怎么写，我按你说的写，你看怎么样?”张燕语气极软。

“我不会给你意见，既然领导把这事交给你了，那你自己看着办吧。”小乔一脸冰霜。

“小乔，别这样啊，好歹咱们也同事一场，平时关系又不错，这事你得帮帮我。”张燕满脸堆笑。

“这事没什么可说的。我的态度已经说了，你们爱怎么写就怎么写，跟我无关!”

张燕立即换了种口气，“小乔，你这种态度可不好，领导让我找你谈，也是充分考虑你的感受，这是领导尊重你，我按照你的意愿写也是照顾你，你怎么不领情呢?”

“我为什么要领情?你们在做伤害我的事，还让我领情，太可笑了吧。”

张燕沉下脸，“小乔，这事领导很重视，说句私下的话，你既然还在这家报社做，你就得领这个情!”

“谢谢你的提醒，我会辞职!”说完小乔走了，一脸决绝。

回到办公室，小乔立刻写了辞职信。

把办公室的家当飞快地收拾妥当。

同事在一旁看着，都愣住了。

张燕赶紧跟主任汇报了此事。

主任急了，马上要找她谈话。

“主任，辞职的事我会跟社长直接谈，您也不必再费口舌了。”小乔像变了个人，弄得主任脑袋发蒙。

“小乔，你别冲动，关于那件报道的事我们都可以再谈，我也没说非上不可，你也不用动不动就辞职吧。”

“主任，这事没什么可说的了，辞职信我会马上交给社长，我的东西我也收拾完了。这月工资我不要了，谢谢你们这几年对我的培养!”

说完，小乔直奔社长办公室。

接下来的场面全在小乔的意料之中。社长不同意她辞职，可以不上那个报道，尽情挽留她。

小乔心已定，说什么都不肯回头。

最后社长说，辞职信他不收，给她几天时间考虑。希望她冷静之后再做决定。

小乔不再争辩，灰头土脸地回了家。

纠心的事一件接着一件，小乔无力地瘫在沙发上，脑子一片混乱。

还要不要好好地活?

已跟千山和小希允诺要好好活下去，可又举步维艰。

身心疲累到极点的时候，又谈何好好活下去？

小乔绷不住地抽搐起来，无助、心酸、厌世、委屈、崩溃……所有的坏情绪全挤在一起，痛彻心扉，号哭不止……

30

三天没有出门。

小乔把自己隔绝起来，心也渐渐冷静。

她知道辞职有些冲动，她是一时之气。

可气过之后，辞职的念头不减。

离开，是最好的办法；只有离开，才能尝试忘记。

自从徐盈盈出现的那天起，一切都已不再纯粹。

就像一滴墨掉进清水里，水不会再清；如果再多几滴，连清水也不是了，只会变成墨。

一周后，小乔去了千山的球队。

千山吓了一跳，完全没想到小乔会来。

“来看看你不行吗？有什么大惊小怪的。”小乔跟千山并排走着，肩头有暖暖的阳光。

“怎么来之前也不打个电话，万一我不在呢。”

“不在那就改天啊，你总有在的时候吧。”小乔一笑。那双眼瞳，清澄如水。

“看你心情不错，是不是有什么好事告诉我？”千山也一笑。

“我辞职了，这算好事吧。”小乔笑语。

千山一听却急了：“辞职？怎么好好的辞职?！怎么也不跟我商量一下。”说完，千山又觉得有点冒失。

“上周就辞了，只是今天才告诉你。”小乔平静地说。

“为什么？总有原因吧。”千山焦急地问。

“没什么原因，就是不想干了，你也知道我不喜欢当娱记，这工作也不适合我。”

“那你可以换个部门啊。”

“想休息一下，太辛苦了。”

这样一说，千山也不争了，“如果辛苦就别做了，你看你现在瘦成什么样，也该好好休息一下。”

“我想出国散散心。”

“好啊，去美国吧，正好可以和惜云聚聚。”

“我想去英国，想去个没去过的国家。”

“那也好，要不要我陪你去？”千山缓缓地说。

“你不打比赛了？这个月你们不是有联赛吗？”

“是啊……”千山叹了口气，有些无奈。

“我今天是来跟你告别的。”小乔收敛了微笑。

“干吗说得这么伤感，你去几天？”

“可能一年。”

“一年？你要玩一年？”千山一怔。

“我想去上学，正好有个机会，在英国可以读一年，拿个硕士学位也好。”

“已经决定了？”千山看着小乔，神情凝重。

小乔点点头，“是。最快是一年，如果学位拿不下来可能还要更久。”

“你这么聪明肯定能提前回来。”千山努力做出轻松的样子。

“也可能就留在英国了，运气好，嫁人了也说不定。”小乔玩笑道。

千山却有些绷不住了，“英国人很抠，不适合你。”

“那里也有中国人啊。”

千山无语了，片刻，他说：“什么时候走？”

“下周吧。”

“这么快！”千山眉心拧在一起。

“我还想这周走呢，只是觉得应该回去看看父母，跟他们告个别。”

“我陪你去苏州吧，这周我有空。”

“不用，明儿一早我就走，机票都买了。”

千山看着小乔一脸眷恋，“那我送你去机场。”

“不用，明天我是早班飞机，五点就要走，你不必送了。”

“那我总得做点什么。”千山不安道。

“等我回来吧，我去英国那天让你送，如果那天你有空。”小乔双手插在口袋里，难得悠闲的样子。

“好，一言为定，可不能像上次去美国那样，偷偷溜走了。”千山把目光送向前方，心一阵阵刺痛。

“不会，这次肯定不会。”

远方渐渐浮现出一片红霞，小乔看得出神，“你看火烧云，真好看。”

“是，很好看。”千山出神地望着，内心辗转凄凉。

突然，千山想起了什么，立刻道：“对了，小乔，你在这儿等我一会儿，有个东西拿给你，你在这儿等着，我马上过来！”

又是这一句，小乔窝心地一笑，“什么东西啊？”

千山已往宿舍方向跑了，“你在这儿等着，我马上过来——”

小乔微笑着点点头。

千山跑得飞快，好像东方。他也常常这样跑回宿舍，再跑回来时，手中总有惊喜。

最滑稽的一次，东方捧着大束花跑来，到小乔面前的时候，花瓣已丢落了过半。

东方羞赧地一笑。

那是东方最可爱的时候……

"给，这个是给你的。"现在换作千山把惊喜给她。

"是什么?"

"上次去韩国给你买的，一直没机会给你。这次再不给你，恐怕都没机会了。"千山小心翼翼地说。

"干吗要送我？是衣服?"小乔看着口袋，心里微微一颤。

"收下就好，你可以不穿或者再送人。"千山表情紧绷，他担心被拒绝。

小乔停下脚步，直直地看着他。

片刻，她说："千山，谢谢你。"

"谢什么。"千山缓缓吁出一口气。

"其实我应该早点跟你说谢谢，你帮了我很多，没有你，好多事都不会那么顺利。我心里真的很感激你。"

从未看到小乔如此炽热的目光，千山心里一震，语塞。

"我也替东方谢谢你，你是他的好兄弟，他没有白交你这个朋友。"小乔忽地鼻子发酸，她努力抑住泪。

"东方很爱你，小乔，这是真的。"千山徐徐地说。

"不必这么说。"小乔脸色一转。

"是真的。那天，出车祸的那天，东方喝了好多酒，一直都在谈和你的婚事。他说他发现自己最爱的人是你，所以那次比赛之后，他说回来要跟你结婚……"

"别再说下去!"小乔打断他。

"小乔，我一定要说，徐盈盈是个意外，男人有时会碰上这种意外，但意外之后，他会清醒，他会知道自己最想要的是什么。"

小乔呼了一口气，"意外?"

“我只想告诉你，东方真的很爱你。你也知道东方喜欢唱歌，年年队里组织唱歌比赛他都是第一，后来我们只能让他当评委了。他一到卡拉 OK 这种地方，就人来疯，那种场合发生的事都不能算数的。徐盈盈真的只是个意外。”千山笃定地看着小乔。

“那你呢，你也是男人，为什么你没有意外？”小乔接住千山的眼神。

“我也有意外。所以我跟惜云分手了，其实不是她的问题，是我，是我发现我爱上了别人……”

小乔倏地错开千山的眼神，心里一怔。

她怕千山说下去，话题一错，“对了，这衣服多少钱，我……”

“送你的东西怎么能提钱？”

小乔僵住了，眼睛错乱地看着前方。

“到了英国保持联系。”千山看着小乔的侧影，怜爱地。

“嗯。”小乔心领神会。

“沈明通知了吗？”千山问。

“我会告诉他。”

不知不觉，夕阳已洒在肩头。

“我走了，还要收拾一下行李。”小乔艰难地一笑。

“嗯，路上小心，有事打电话来。”千山也努力一笑。

“好。”

千山想给她一个拥抱，可心里想，手却僵在那里动弹不得。

小乔伸出手，跟千山握了握，“谢谢你！再见！”

“再见！”

第一次握住小乔的手，千山来不及回味，已是告别。

就这样告别了，心绪跌落到谷底，手心却在发烫。

咫尺之隔，明日却是天涯。

余晖把千山勾勒出一个孤单的剪影，他看着小乔离去，脸上挂满惆怅。

不是每一段感情都可以表达的。吞咽感情比饮下砒霜更令人折磨。

令男人痛入心脾的，是想爱却不能爱。

小乔明白，她躲。

背过身，眼里裹的泪才肆无忌惮地落下来。

东方在的时候，她是敢爱敢恨的；东方走之后，她却变得唯唯诺诺了。

越是担心什么就来什么。

感情的事最棘手的恐怕就要数朋友之间互换伴侣，那层尴尬要跨过去，很难。

对小乔来说最好的方式就是离开。

离开这个伤心地，更要决绝地离开那个长燃不止、不断给你温暖的光源。

天色骤然昏暗下去，把小乔一点点吞噬。

一个人走在黑暗中，以后应该是平常的事吧。小乔苦笑了一下。女人被感情揪扯的时候，通常喜欢自虐。

可除了自虐，还有什么发泄方法吗？

周遭的灯光亮起来。小乔振作起来，快步疾行。

再黑的路总有终点，有灯光的地方就有家。

小乔给自己打气：一定要好好活下去。

天边的星星点点亮起来，小乔在最暗的夜看到最亮的星。

回苏州的第二天，沈明就打来了电话，口气急促，只说要见面谈。

小乔让他电话里说，沈明不肯，急着要见面。

小乔告诉他周六才回北京。

沈明就把见面时间定在周六。

小乔拗不过他，只得答应。

妈妈盯着小乔，问打电话的男人是谁。

小乔只说是同事。

妈妈不追问，却问起那件事："小乔，东方跟那个女歌星的事是真的吗？现在报纸上都这么说，闹得沸沸扬扬的。"

"当然不是。"小乔坚定地说，"那都是报纸瞎写的，东方不是那种人。"

"连你们报纸也登了这事，到底是不是真的？"妈妈一再追问。

"妈，你就相信我吧，东方你也见过，你觉得他是那样的人吗？"

"报上说，那个女歌星出的唱片都是他赞助的，说得有鼻子有眼的。"

"妈，你既然那么相信还问我干什么？"

妈妈叹了一口气，不好往下说。

夜晚，小乔躺在床上，无以成眠。

不是睹物思人，乡愁泛滥，她只是在想那个破绽。

为什么没有发现呢？究竟是从何时开始的？

一想到静月山庄，那张超大的蓝白相间的双人床，心就欲死。

整晚都是徐盈盈的脸，东方和她睡在那张床上，惊心动魄。

究竟破绽在哪里？

应该就是从他搬到静月山庄那时起。

可那时我在哪里？

出差，对，是出差，整整一个月时间都在采访。

再回来时，所有漏洞都忽略掉了。

最大条的女人，就是连小三都来了，仍不察觉的女人。

小乔自认是笨女人。

在感情上没有手段的女人，总会被另一个有手段的女人取代。

她突然想起赵玉蝶的话："现在这样挺好。如果他还活着，也许还会变心呢。"

这是谶语吗？

回想赵玉蝶歇斯底里要寻死的场面，此刻小乔才有了更深切的体会。

女人为男人死，都是气他的不忠。

死了又怎样呢？换回曾经炽热的心？

换回来，命却抵走了，多不值；更现实的是，抵上命也换不回来，何苦来？

一夜静寂，翻来覆去，那颗惶惶然的心，渐渐平静。

渐渐死心比较好，一下子绝情，会出人命。

在苏州的几天，小乔脸色渐渐红润。

做女儿的时候，总是比较幸福一点。

爸爸对小乔辞职的事倒没有异议，在大人眼里，上学总是正经事。

爸爸掏出了一个存折，执意要给小乔。

小乔当然不会要，女儿也大了，不能像少时那样天天嚷着要零花钱。

临走，小乔在妈妈枕下塞了一万块。

分别时，她对妈妈说，钱不多，也不大会挣钱，将来会挣大钱回来。

妈妈哭起来，不肯要。

小乔抱了抱双亲，上了火车。

永远割不断的爱是双亲之爱，爱情只是锦上添花，花期过后，只剩回味。双亲的锦绣却可以永世珍藏。

苏州一去，疗伤效果颇好。

到了北京仍是好天气，小乔如约跟沈明见了面。

见面那天，沈明吞吞吐吐，口气嗫嚅：“小乔，你去苏州这一星期没看报纸?”

“你说哪份报纸?”

“当然是你们的报纸了，别的报我也不关心。”沈明声音微颤。

“你看到什么了?”小乔心里已明了。

“你还在报社，他们怎么还敢登东方和那个歌星的事啊，有点太过分了吧，你还不知道这事吧?”沈明气愤道。

“我早知道了。”小乔平静地说。

“你早知道了？你怎么不制止啊，没影儿的事还敢登，你们这家报社怎么也成庸俗小报了。”

“这事不提了，说点别的吧。”小乔并不恼。

“怎么能不提，你们报社也太不像话了，你怎么能忍了呢?!”沈明义愤填膺地说。

“沈明，我已经辞职了，所以这事跟我也没关系了。”小乔淡淡地说。

“什么？辞职了？什么时候的事?”沈明惊道。

“说点正事吧，明天有没有空?”小乔扬起一条眉毛。

“你约我当然有空了。”沈明脸上阴转晴。

“那明天你开车来接我，早上八点。”

“好啊，咱们去什么地方?”刚才的不悦似乎都抛到了脑后。

“到了你就知道了。”小乔微微一笑。

“好，没问题，八点准时到!”

沈明难掩兴奋，恨不得这一晚变光速。

第二天一大早，看着小乔拖着一件大旅行箱出来，一副要远行的样子。沈明愣住："这是去哪儿？要去旅行吗？那我得回去拿行李。"

小乔一笑，径自把行李箱拉到车后。

"哎，我来，"沈明把箱子夺下放入后备厢，"怎么带这么个大箱子，是去很久吗？那我赶紧跟公司请个假。半个月？还是一个月？"

小乔坐到副座，"开车去机场。"

"啊，我的机票还没买呢。咱们是要去哪儿啊？"沈明急道。

"不是咱们，是我。"

"你一个人去？去哪儿？"沈明心不在焉地开车。

"英国。"小乔脸上一片暖色。

"英国？怎么想起去那儿玩？"

"散散心。"

"那我陪你去，你一个人我还不放心呢。"

小乔只顾暗笑。

"可我签证还没办呢，那你先去，我随后就到。"沈明自言自语地说。

"有人陪我去。"小乔还是笑。

"谁?!"沈明脸色一沉。

"千山。"

"他?!"沈明呼吸不畅。

"怎么？不高兴？"小乔逗他。

"是个男人都不会高兴。"沈明泄气地说。

"你不是也说千山不错吗？"

"我说过吗？我忘了，我现在觉得他不怎么样。"

小乔笑出声来。

"为什么跟他去？我也可以陪你去啊。"沈明有点委屈。

“你总说他好，所以就信你一回啊。”

“我什么时候说过他好啊，他有什么好啊？傻大个儿，死脑筋，没有幽默感……我看他一无是处。”沈明狠狠抓着方向盘。

“你背后说他坏话，这可不好。”小乔看着窗外，突然有一丝留恋。

“他真没我好，真的，他哪适合当老公啊，常年奔波在外，不着家。我就不一样，我回来就能做饭，又爱做家务，我好多优点你还没看到呢。”

小乔抿嘴一笑。

突然一辆车在旁边按了一下喇叭，小乔一看，是千山。

小乔摇下车窗，笑着冲他摆手。

沈明一看，火上浇油。

“这家伙！真追来了！”沈明小声念叨了一句。

“咦，他怎么今天不来接你，要跟你一起玩，居然还不来接你，这种男人能要吗?!”沈明大声道。

两辆车同时在机场二层停下。

千山冲小乔走过来，“不是说好我去送机的吗？怎么又把这家伙叫上了?”说完却赫然发现小乔穿上了他从韩国买回的衣服，心里喜不自胜。

“郑千山，你小子够狠的!”沈明气愤地捶了一下千山。

千山还未及开口，小乔说：“已跟你告过别，也该跟沈明说一声。”

“幸亏我及时赶到，不然连面都见不上……”千山口气微颤。

小乔笑笑，“又不是不回来。”

“咦，小乔，你们不是一起去啊?”沈明一头雾水。

“这下你高兴了吧。”小乔冲沈明道。

沈明挠挠头，尴尬地咧咧嘴。

千山拍了一下沈明的头，“你添什么乱啊。”

“明年这个时候回来？”千山转向小乔。

“看情况吧，没准儿半年我就回来了。”

“什么，小乔，你要去那么久？”沈明眉心一皱。

“是啊，去上个学，回来也好找个体面的工作。”小乔道。

千山看着小乔，一脸不舍，“我写 E-mail 给你。”

小乔点点头。

沈明忙说：“我会去英国看你。对了，我车里还有东西要送你。”

说完他从后座拿出一个相框递给小乔，“早就想给你了。”

小乔接过来，一下子呆住了。

照片上面是几个人的动漫合影，有东方、千山、小乔，还有吴思源、赵玉蝶、赵云鹤、张小希、沈明。他们姿态各异，却穿着统一的球衣，彼此搭着肩膀。在东方的脚下还有一个足球，他们每个人脸上洋溢着欢快的笑容，陶醉般。

小乔泪光闪烁地抬起头，望着沈明，“谢谢……”

千山也震惊了，拿起相框不停地看。

沈明微笑着说：“是我的特别制作。”

小乔倏然张开手臂拥住沈明，“谢谢你，沈明，再见。”

然后又拥抱千山，“再见。”

沈明红了眼圈，“再见。”

千山表情紧绷，“保重，到那边保护好自己。有什么事打电话来！”

眼泪夺眶而出，小乔重重地点点头……

沈明和千山看着小乔入关，一样的表情，一样的不舍。

小乔冲他们挥了挥手，最后告别。

两个男人收回了视线，看了一眼对方，仿佛路人。

走到大厅门口，沈明仿佛自言自语似的说：“要不要中午一起吃饭?”

千山看了他一眼，“你还能吃得下?”

“小乔不在，饭总得吃吧。我可没你那么痴情。”沈明白了千山一眼。

千山一笑，“不痴情的人怎么也能做出那个相框?”

沈明嘴角一扬，“怎么，不服？那你也做个试试。”

“服，当然服，估计小乔对你要刮目相看了。”

“所以说我的机会比你大，你看见没有，今天去机场，她主动要求我送机，这很明显了。”沈明转而得意起来。

“既然你胜利在望，那午饭你请。”

沈明一笑，冲千山狠狠剜一眼，“那先说好，吃了我的饭你就不能跟我争了。下个月我就去英国，你别跟来啊。”

“呵，一顿饭就想占这么大便宜，不吃了。”千山走到车边，看着沈明。

“那就你请客，这总可以了吧。”沈明瞪着千山。

千山打开车门，无奈地一笑，“上车！跟着我开，跟丢了，我可不管。”

沈明嚷道：“就你那破车还怕我跟丢，1.8 的能跑过 2.0 的吗?”

千山和沈明都笑了。

情敌之间能做朋友的，恐怕也只有男人。

飞机划过长空，泛出一道轻烟。

两个男人出神地看着，他们惦记着飞机里的女人。

小乔抚着手中的相框，忽而哭忽而笑。

悲喜交加。

告别总令人不舍，迎接新生活又充满新奇的未知。

两种情绪往复交替，她慢慢回味，慢慢沉淀所有的往事……

31

一年后。

机场里人头攒动，离别与重逢的故事交替上演。

不外乎是悲欢离合，此时此刻，却没有看到任何人的眼泪。

时光流转一年，大家更懂得快乐的重要，多好！

一个年轻女子推着行李走来，棕黄色的长发松松地垂在两侧，一身休闲的裙装色彩明艳，整个人散发出一股明媚的朝气，颇为打眼。

千山面色柔和地冲她挥手。她的身上已看不到一丝沉郁。

她也冲千山摆摆手，微笑迷人。

旁边一位金发碧眼的外国男人却令千山不安了。

他们正在道别，千山忍不住走过去。

“他是?”看着那男人的背影，千山微微不安。

“我的一个朋友，同班飞机。”

千山暗自松了口气，替她接过行李，刚要推车，另一个男人接过手，“我来，我来，差点被你抢先了。”

千山无奈地一笑，“谁叫你不换车，2.0 怎么跑得过 3.0?”

沈明咬牙切齿道：“堵车好不好?”

“今天堵车吗？我怎么不知道。”千山调侃他。

“哼，我早想换车了，一回去就换！小乔，你喜欢什么车，这次听你的。”沈明看着小乔，一脸兴奋。

“你们两个怎么还是冤家？一年了也没见长进。”小乔灿笑。

“谁说没长进，一会儿我要跟你慢慢说。”沈明雀跃道。

“时间好快，一年前你们来送我，就像是昨天。”小乔感叹。

“我们都变老了，你却没有变。”千山看着小乔，笑容可掬。

“看来还是有变化，嘴甜了。”小乔接住千山的目光，还是笑。

“喂，你们别笑得那么暧昧好不好？”沈明打岔，“小乔，一会儿坐我的车啊，他那新车有味，坐上去就头晕。”

“都开了半年了还有味？沈明，这一年你可好的没学，学会诽谤了。”

“哎，你们俩别争了好不好，今天还有一个朋友要来接我，所以你们俩的车我都不搭。”小乔略带神秘地说。

“还有一个朋友？我认识吗？”沈明一愣。

“你好像不认识。”

小乔这样说，千山脸色一整。

三人走出机场大厅。

小乔立刻冲一个身材高挑的女人挥手。

那女人头发卷曲，戴一副超大墨镜，黑色小洋装配一条牛仔裤，干练，明艳，又不失女人味。

沈明忙不迭地说：“我以为接小乔的人是个帅哥，幸好是个美女。”

女人笑盈盈地走近，摘下墨镜，千山吓了一跳，“惜云！”

“是我。”惜云明眸皓齿。

“你怎么会在北京？”千山吃惊道。

惜云眉毛一挑，“很意外吗？”

沈明看得一头雾水，原来他们统统相识，“哎，小乔，美女总要先介绍一下吧。”

小乔忙说：“她是惜云，是我最好的朋友，也是千山的好朋友。

这位是沈明，也是我的好朋友。”

惜云跟沈明握握手，一团和气。

“你什么时候回来的？”千山问。

“惜云已经回北京半年了。”小乔解围。

“一回来就是找房子找工作，所以一直也没有时间联系，现在才刚刚安顿下来。”惜云声音明亮，看得出她心情颇佳。

“再忙也应该联系一下啊，小乔你也是，你怎么不跟我说一声。”千山站在惜云和小乔中间，有点无措。

“惜云不让说。”小乔看着惜云，看她气色极佳，心里坦然。

“真的是太忙了，找工作很不易。”

听得出惜云吃过苦头。

“回来别的都好，就是想孩子，每天都要找机会跟他通话。小家伙太可爱了。”惜云微笑拂面。

“那孩子现在……”千山欲言又止。

“孩子在美国，判给他爸爸了。他有经济实力，又爱孩子，跟着他我也放心。”惜云面色平静，似乎那段波澜早已过去。

千山五官凝在一起，这个结局令他意外。

沈明虽是局外人，却也屏气凝神，看出端倪。

“惜云很厉害，回国半年，房子、车子、工作全部解决，我回来还不知做什么呢。”小乔岔开话题。

“我看今天是新老朋友相聚啊，咱们也不能在机场门口这么聊吧。小乔，你和惜云定个地方吧，我请客。”沈明得体地说。

小乔不客气道：“好啊，一年没吃上你请的客了，可要好好宰你一顿。惜云，你有什么地方想去？”

“我都行，千山，你应该有好地方推荐吧。”惜云看一眼千山，客气又不失亲切。

“那我就带你们去个地方吧，你们肯定喜欢。”千山迎住惜云的目光，那一刻，所有的往事兜头倾下，惜云的目光令他五味交集。

“好啊，这就出发！”沈明吆喝一声，露出小孩子的兴奋。

四人并肩而行，走向车库的那一段，仿佛回到从前——

小乔、惜云挽在一起，两个男人落在后面。

女人边走边聊，笑声狰狞。

男人偶尔跟着她们笑，不多话，气氛那样明快……